爱莲娜奶奶
沃日谢克
卡雷尔爷爷

玛任卡

科尔巴巴先生

邮局里的小精灵

CAPEK'S FAIRY TALES

恰佩克童话

［捷克］卡雷尔·恰佩克 著　艾依菲 译　曹萌 绘

北京理工大学出版社
BEIJING INSTITUTE OF TECHNOLOGY PRESS

图书在版编目（CIP）数据

恰佩克童话 /（捷克）卡雷尔·恰佩克著；艾依菲译. — 北京：北京理工大学出版社，2020.12

ISBN 978-7-5682-9167-5

Ⅰ.①恰… Ⅱ.①卡… ②艾… Ⅲ.①童话—作品集—捷克—现代 Ⅳ.①I524.88

中国版本图书馆CIP数据核字（2020）第202796号

出版发行 / 北京理工大学出版社有限责任公司

社　　址 / 北京市海淀区中关村南大街 5 号

邮　　编 / 100081

电　　话 /（010）68914775（总编室）

　　　　　　（010）82562903（教材售后服务热线）

　　　　　　（010）68948351（其他图书服务热线）

网　　址 / http://www.bitpress.com.cn

经　　销 / 全国各地新华书店

印　　刷 / 三河市宏图印务有限公司

开　　本 / 787 毫米 × 1092 毫米　　1/16

印　　张 / 12　　　　　　　　　　　　　　　　　　责任编辑 / 封　雪

字　　数 / 106 千字　　　　　　　　　　　　　　　文案编辑 / 毛慧佳

版　　次 / 2020 年 12 月第 1 版　2020 年 12 月第 1 次印刷　责任校对 / 刘亚男

定　　价 / 99.00元　　　　　　　　　　　　　　　责任印制 / 施胜娟

图书出现印装质量问题，请拨打售后服务热线，本社负责调换

目 录

CONTENTS

邮递员的童话

　　为什么所有的童话都是关于国王、公主、王子、强盗、牧羊人、骑士、巫师、伐木工、水精灵……这样的角色呢？难道没有人愿意为邮递员写故事吗？

　　邮局真是这个世界上最神奇的地方了，你看到邮局里贴着的那些标语了吗？比如，"禁止吸烟""禁止宠物入内"，还有很多其他的。总之，听我说，连恶龙或者魔术师家里都不会有这么多的标语。从这一点就可以看出，邮局是一个充满了神奇氛围的、与众不同的地方。孩子们，你们知道当邮局关门后，夜深人静时，谁还在那里吗？我敢打赌，你们也一定很想去一探究竟吧。

　　从前，有一位绅士——科尔巴巴先生——邮局里的一位邮递员，他就在晚上去过邮局。他把那晚发生的故事告诉了邮局里的其他人，他们又把故事告诉了别人，最后这故事就传到了我的耳朵里。我是不会把这么有趣的故事占为己有的，现在就让我们

来分享这个故事吧！

　　科尔巴巴先生的工作就是给人们送信，但有一天，他突然对自己的工作感到厌倦了，没人知道为什么。"唉！"他说，"邮递员可真辛苦，我每天要走着、跑着，不辞辛苦地去送信，恨不得自己身上能长出来一对翅膀赶紧飞过去。每个邮递员一天要走整整两万九千七百三十五步，爬八千两百四十九级台阶。更不用提要是我送的只是份无聊的账单之类的东西，没人会因此感谢我。连邮局都是一个如此无聊的地方，我敢打赌邮局里根本不会发生什么有趣的故事。"

　　科尔巴巴先生就这样不停地抱怨自己的工作。他坐在邮局的炉子旁边，说着说着，就睡着了。下午六点，到了邮局关门的时间，他还在呼呼大睡。其他邮递员结束了一天的工作，锁好门，就各自回家去了。于是，科尔巴巴先生就被锁在了邮局里，他还没有睡醒呢。

快到午夜的时候，一阵奇怪的声音吵醒了科尔巴巴先生。那吱吱吱的声音让他怀疑有老鼠在地板上跑。"天哪！"他喊了一声，说："邮局里居然有老鼠，我们得在房间里放一些老鼠夹子了。"但等他仔细一看，却发现原来那并不是老鼠，而是邮局里的小精灵们。这些小精灵长着胡子，个子比母鸡略小一点，差不多有松鼠或者是小兔子那么大。他们像邮局里的人一样，也戴着邮差帽。"哇，我真是想不到！"科尔巴巴先生被眼前的小精灵迷住了，他忍着激动的心情，静静地看着他们，生怕自己发出一点声音吓跑了他们。他一动不动，连眼睛也不敢眨一下。

一个小精灵正在搬运信件；一个小精灵给运来的信件分类；一个小精灵给装好的信件称重、作标记；一个小精灵发现装信的袋子没有封好，正在发脾气；还有一个小精灵坐在窗口数钱。这是邮局里的领导做的工作。"跟我想的一样，"这个小精灵说，"那个人又少数了一分钱！我只好再帮他改一次了。"打字机前坐了一个小精灵，他正在打一封信，键盘发出咔嗒咔嗒的声音。科尔巴巴先生仔细一看，发现自己居然能看懂这封信。信上面写着："向邮局总部的同事问好，第一百三十一号邮局的小精灵报告，我们这里一切正常。哦，不对，小精灵马特拉夫谢克感冒了，去休假了。汇报完毕。"

"这里有一封信要寄往蛮人王国的班博林博南杜城，"一个小精灵说，"这是什么地方呀？"

"在贝内绍夫附近，"另一个小精灵说，"蛮人王国，下特拉贝孙德火车站，猫城邮政支局。记得标记这封信需要空运。好了，我们今天的活儿干完了。朋友，下班以后你想和我去打会儿牌吗？"

"那当然了。"第一个小精灵说，他数了数信封，一共三十二封信。"好了，今天的工作就到这里吧。刚好三十二封信，我们就拿它们当牌来打吧。"

另一个小精灵拿起信封，打乱了顺序，这就算是洗过牌了。

"我出这张。"第一个小精灵说。

"那我可不客气了。"第二个小精灵说。

"哦，天哪！"第三个小精灵说，"看来我今天的手气可不太好。"

"我出这张。"第四个小精灵说。说完，他把一个信封拍到了桌子上。

"我的牌更大。"第五个小精灵说，然后把自己的信封放在了最上面。

"要赢你们可太简单了。"第六个小精灵说。他又在上面放了一张牌。

"哈哈，"第七个小精灵说，"我还有比这更好的牌。"

"我可拿着王牌呢。"第八个小精灵说，然后打出了他的牌。

"孩子们，"现在，科尔巴巴先生可忍不住了，他大声抗议道："麻烦你们打牌小声点，亲爱的小先生们，不过，你们到底在打什么牌呢？"

"噢！原来是科尔巴巴先生呀。"第一个小精灵说，"我们并不是故意要吵醒您的，但既然您醒了，就来和我们一起打牌吧，您可千万别拒绝我们。我们玩的游戏很简单的。"

科尔巴巴先生当然很愿意打牌了，于是，他和小精灵们围坐在一起。

"科尔巴巴先生，这些是您的牌。现在您可以出牌了。"第二个小精灵递给科尔巴巴先生几个信封。

科尔巴巴先生看了看手里的信封，有点尴尬地说："我希望你们不要误会我，亲爱的朋友们，但我手里这些都是明天要送出去的信，这样恐怕不太好吧。"

"没关系呀，您说得没错。"第三个小精灵说，"但这就是我们的牌。"

"嗯……"科尔巴巴先生想了想，疑惑地说，"我希望这样说不会让你们生气，小先生们，但是我们打扑克牌的时候，是从七开始的，然后是八、九、十，然后是杰

克牌、女王牌、国王牌，最后还有一张最大的王牌，但这些信封上并没有扑克牌的花色，怎么区分这些牌的大小顺序呢？"

"噢，科尔巴巴先生，您可想错了。"第四个小精灵说，"我必须好好跟您解释一下。您看，这些信的大小顺序，是由它里面写的内容来决定的。"

"最小的牌，"第一个小精灵说，"就相当于扑克牌里的七。这些信上写的全都是谎话，人们写这些信只是为了装模作样。"

"第二小的牌是八。"第二个小精灵接着说，"这些信里，人们写的是那些他们不得不写的话，您知道的，就是那些他们必须写的东西。"

"比八更大的是九。"第三个小精灵说，"这些是人们出于礼貌写的信。"

第四个小精灵接着说："第一种大牌是十。在这些信里，人们给对方介绍新奇有趣的故事。"

"第二种大牌是杰克牌。"第五个小精灵说，"这些是人们为了给对方送去快乐所写的信。"

"第三种大牌是女王牌。"第六个小精灵说，"这些是好朋友之间的信。"

"第四种大牌是国王牌。"第七个小精灵说，"这些是人们写给爱人的情书。"

"而最大的这张牌，也就是王牌。"第八个小精灵说，"信里写的都是掏心窝的话。这张牌可以赢过其他所有的牌。科尔巴巴先生，打个比方，这样的信，就是母亲写给孩子的信，或者是人们写给自己最喜欢的人的信，他们喜欢对方甚至多过自己。"

"原来如此，"科尔巴巴先生说，"天哪！但你们是怎么知道这些信里写的到底是什么呢？千万别告诉我你们打开过这些信，那样我会被气死的。小先生们，那样做是违反邮局规定的。如果有人这样做，我就不得不打电话叫警察来了。天哪，偷偷拆开别人的信件读，这可是犯罪呀！"

"我们知道的，科尔巴巴先生。"第一个小精灵说，"亲爱的朋友，我们可不用打开那些信。我们只要摸一摸信，就知道这封信是哪一类的了。无关紧要的信，摸起来总是冰冷的。一封信摸起来越温暖，就说明这里包含的爱意越多。"

"只要把一封信贴到额头上，"第二个小精灵说，"我们就能知道里面写的内容是什么，甚至可以一字不差地读出来。"

"这可真不一般！"科尔巴巴先生说："既然我们今天已经坐在了一起，我倒是有一件事情想问问你们。我希望，小先生们，我的问题不会冒犯到你们。"

"既然是您问，科尔巴巴先生，"第三个小精灵说，"问什么我们都不会生气。"

"我想知道，"科尔巴巴先生说，"像你们一样的小精灵，到底喜欢吃什么呢？"

"这个嘛，就得看情况了。"第四个小精灵说，"像我们一样的小精灵，住在各种各样的办公室里，办公室里的人留下什么东西，我们就吃什么。面包屑啦，吃剩下的蛋糕啦……但是科尔巴巴先生，像您一样的人，不会给我们留下太多剩饭的。"

第五个小精灵说："不过呢，我们在邮局工作，邮局里面有什么我们就吃什么。草稿纸对我们来说，就像意大利肉酱面一样好吃，要是再来点糖霜就更好了。"

"有时候我舔一舔邮票就饱了。"第六个小精灵说，"这是很美味的，只是舔过邮票以后，我的胡子上会粘上邮票背后的胶水。"

"最常见的食物还得是面包屑。"第七个小精灵说，"您知道的，科尔巴巴先生，你们并不会每天清扫邮局，所以地上总会留下一些面包屑。"

"我还想再问问，"科尔巴巴先生说，"你们晚上睡在哪里呢？"

　　"这个嘛，科尔巴巴先生，我们可就不能告诉您了。"第八个小精灵说，"如果让其他人知道我们睡在哪儿，他们肯定会来把我们赶走的，所以，安全起见，我们还是不要告诉您的好。"

　　"好吧，如果你们不说，我也就不问了。"科尔巴巴先生说，可他在心里却是这样想，"今晚，你们去睡觉的时候，我可要偷偷跟着你们。"于是，他又坐在了炉子前，耐心地等着。不过他刚坐下，就又困了。不一会儿，科尔巴巴先生就睡着了。他一觉醒来，已经是第二天早上了。

　　科尔巴巴先生没有告诉任何人前一天晚上发生的事情，毕竟按照规定邮递员是不能在邮局过夜的。

　　从那天晚上起，科尔巴巴先生再也不抱怨自己的工作无聊了。他现在偶尔会自言自语地说："这封信不热不冷；这封信很温暖，这一定是妈妈写给孩子的信。"这天，科尔巴巴先生把信筒里的信件全都取了出来，因为送信前要先给它们分类。"天哪！"他突然说，"这封信没有邮戳，连邮票和地址都没有。"

　　"这样啊，"邮局局长说，"我想你最好再去看看信箱里还有没有这样的信。"

　　局长说话的时候，邮局里刚好有一位男士来给自己的母亲寄挂号信，他听到了局长的这番话，说："寄信都忘了贴邮票，甚至连地址都没写的人，真是没头脑的糊涂虫，真少见。"

"不不不，你说错了。"局长说，"信箱里经常会有这样的信。你一定不敢相信，很多人都这样健忘。他们把信写好，装进信箱，然后就直接送来邮局，却忘了检查一下信封上少了什么。先生，这种人可比你想象的要多很多呢！"

那位先生听了这话，说："那么你们要怎么处理这些信件呢？"

"我们只好把它们留在邮局，先生。"局长说，"毕竟，没有写地址的信我们也没办法送出去。"

科尔巴巴先生将那封没有写地址的信拿了起来，他自言自语地说："这封信可真温暖，先生。写这封信的人一定是真心的。我想至少应该把它还给寄信的人。"

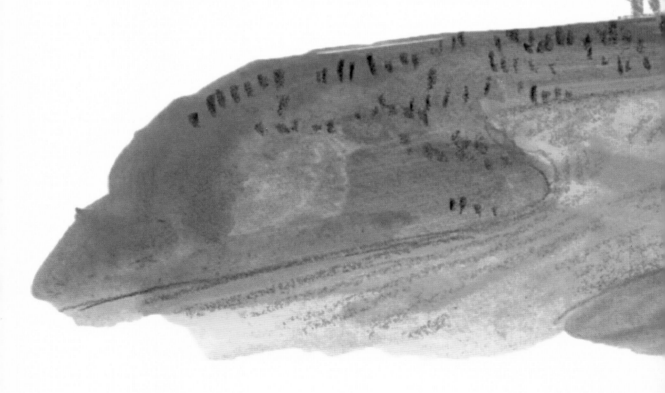

轮到科尔巴巴先生了，他把那封没有地址、没贴邮票的信拿了出来。

"看来是你赢了，科尔巴巴先生。"第四个小精灵说，"您出了一张王牌，这张是最大的。"

"真的吗？"科尔巴巴先生说，"你确定这张是王牌吗？"

"您居然质疑我的判断。"小精灵说，"您难道不知道这里面写的是什么吗？这是一个年轻人写给自己心爱的女孩儿的情书，他爱那个女孩儿胜过爱他自己。"

"我可不这么想。"科尔巴巴先生说。

"但这就是事实。"小精灵说，"不信我是吗？就让我来告诉您这封信里都写了什么吧！"他把信拿起来，放到自己的额头上，闭上眼睛，然后开始读信：

我最亲爱的玛任卡：

　　我写星给你（小精灵说，这里有一个错别字，应该是：我写信给你，而不是星。）是想告诉你我换了工作，现在是一名司机了。如果你方便的话，我们可以见一面。你还喜欢我吗？请写星告诉我。请一定写星给我。

爱你的弗兰齐克

"真是太感谢你了，精灵先生。"科尔巴巴先生说，"我正想知道这封信里写了什么。真是太感谢你了！"

"别客气，"小精灵说，"但您应该知道，这封信里的错别字可太多了，弗兰齐克小时候一定没有在学校里好好学习。"

"要是我能知道玛任卡和弗兰齐克到底是谁就好了。"科尔巴巴先生喃喃地说。

"抱歉，在这一点上我也没办法帮您，科尔巴巴先生。"小精灵说，"我只能告

诉您信里写了什么。"

第二天早上，科尔巴巴先生把信里的内容向局长做了报告，他推测弗兰齐克可能是想向玛任卡求婚。

"这可是件大事！"局长说，"这封信可真是太重要了！"

"要是我知道玛任卡是谁就好了，"科尔巴巴先生说，"但我现在甚至不知道她姓什么，住在哪个镇子里的哪条街上。"

"是呀，要是知道这些就好了，科尔巴巴先生。"局长说，"无论如何，一定要把信送给玛任卡。这就是我的心愿。"

"您说得对。"科尔巴巴先生说，"我这就去打听打听信里的玛任卡是谁。无论找多久，跑到多远的地方，我都要找到她。"

说完，科尔巴巴先生把邮差包甩到了肩上。他带着那封信和一条面包，就这么出发了。

科尔巴巴先生走呀，走呀！他每走到一个地方，都会问问那里的人："你们认识一位玛任卡小姐吗？她正在等弗兰齐克给她写的信。"

他去过了所有能去的地方，问过了所有能问的人。他一共遇到了四万九千九百八十个玛任卡，但没有一个是他要找的那个玛任卡。

科尔巴巴先生找了一年零一天，还是没有找到玛任卡。这一路，他去了不少地方，见到了不少东西。他去过许多村庄和城镇，也看过无数次日出和日落。他度过了春、夏、秋、冬。春天，小草从土地里钻出来；夏天，人们辛勤地劳作；秋天，人们收获了不少果实。他去过大大小小的城镇，进过各种各样的商店，最终还是一无所获。他失望极了，灰心丧气地坐在路边，心想："看来我的努力还是白费了，我怎么找也找不到那个玛任卡。"

科尔巴巴先生感到很伤心，差一点儿就要哭出来了。他为玛任卡感到难过，因为她没有收到弗兰齐克的信——那位爱她比爱自己还多的男孩儿的信；同时，也为自己感到难过，这一年来，他遇到了很多困难，但还是没有任何收获。

一辆车从科尔巴巴先生面前经过，开得非常慢，时速不超过六公里。科尔巴巴先生想："一定是一辆老掉牙的车吧，走得可真慢。"他这么想着，抬头仔细一看，却发现这

是一辆崭新的、非常漂亮的车。车之所以开得这么慢，是因为司机没有好好开车。司机穿着黑色的衣服，看起来非常伤心。车上还坐了一位先生，也穿着黑衣服，看起来也很伤心。

车上的那位先生看到科尔巴巴先生伤心地坐在路边，就让司机停了车。他对科尔巴巴先生说："上车吧，邮递员先生，让我们载你一程。"

科尔巴巴先生上了车。他走了太久，现在累极了，再也不想多走一步路。他和穿黑衣服的先生坐在一起，车又缓缓地发动了。

车又往前走了两公里，这时候科尔巴巴先生问那位先生："我希望您不介意我这么问，先生，您是要去参加葬礼吗？"

"不，不是的。"那位先生悲伤地说，"你为什么会这么想呢？"

"嗯，这个嘛……"科尔巴巴先生说，"因为您看起来非常悲伤。"

"我的心情很差，这没错。"那位先生继续用死气沉沉的声音说，"我心情差是因为我的车走得很慢。"

"好吧！"科尔巴巴先生问，"但这么漂亮的一辆车，为什么会走得这么慢呢？"

"这是因为，开车的司机很悲伤。"

"唔！"科尔巴巴先生继续问，"请问，先生，您的司机为什么这么伤心呢？"

"这是因为这一年零一天以来，他一直在等一封回信。"那位穿着黑衣服的先生说，"事情是这样的，他给自己心爱的女孩儿写了一封信，但她没有回信，所以他觉得那个女孩儿不爱他了。"

科尔巴巴先生听到这一番话，激动地问："请允许我再问一个问题，您的司机是叫弗兰齐克吗？"

"他的名字叫弗兰齐克·斯沃博达。"

"他写的信是寄给玛任卡的，是吗？"科尔巴巴先生继续问。

这时候伤心的司机叹了一口气，他说："玛任卡。她的名字是玛丽亚·诺瓦利娃。她已经忘了我对她的爱。"

"啊！"科尔巴巴先生开心地叫出声来，他说，"我亲爱的朋友，原来你就是那个糊涂虫！你真是太粗心了！你怎么能没写地址也没贴邮票，就把信放进邮筒里呢？天哪！还好我在这里碰到了你！玛任卡根本就没收到你的信，又怎么能给你回信呢？"

"那，那我的信现在在哪儿？"司机赶紧问。

"唉！"科尔巴巴先生说，"如果你能告诉我玛任卡的地址，我现在就可以去帮你送信。我的老天呀！这封信已经在我的包里放了一年零一天了，我一直在找玛任卡！年轻人，现在别啰唆了，你快点告诉我玛任卡住在哪里，我好去把信交给她。"

"不用麻烦了，邮递员先生。"坐在后排的先生说，"你就在车上好好坐着吧，不用去送信。现在，弗兰齐克，快踩油门吧，我们去找玛任卡小姐。"

话音未落，司机就猛踩了油门，车很快加速，时速从六十、七十、八十公里，一直增加到一百、一百一十、一百二十、一百五十公里。车不停加速，现在它再也不是一辆悲伤的车了，而是充满了快乐的车。它欢笑着、高歌着，向前冲去。穿着黑衣服的那位先生用两只手紧紧抓着帽子，以防帽子被大风吹走。科尔巴巴先生用两只手紧紧地抓着座位。弗兰齐克大声说："先生，听我说，我们的车现在的速度有每小时一百八十公里那么快呢！我的上帝，这车就要飞起来了。"

他正说着，车子居然真的长出翅膀，离开地面，飞了起来。现在，车的速度已

经达到每小时一百八十七公里了。很快，车到了一座村庄的上空，这里是利布尼亚托夫。弗兰齐克激动地喊着："我们到了，先生！"

"那就快停车吧！"穿着黑衣服的先生赶紧说。车子慢慢降落，停在村子外面。"这可真是一辆不错的车。"他愉快地说，"现在，科尔巴巴先生，就请您把那封信交给玛任卡小姐吧。"

"我想，"科尔巴巴先生说，"弗兰齐克或许想亲自告诉玛任卡小姐信里的内容。毕竟，这封信里的错别字实在是太多了。"

"这怎么行？"弗兰齐克说，"要是她看着我，我可说不出来话。这封信可晚了一年呀！先生。"弗兰齐克又突然伤心起来，"或许她已经忘了我，或许她已经不爱我了。你看，科尔巴巴先生，她就住在那间房子里，她的窗户明净得像水一样。"

"好吧，那就让我来吧！"科尔巴巴先生搓了搓手，拖着疲惫的脚，朝着玛任卡住的房子走去。透过那扇像水一样明净的窗户，他看到一位悲伤的女孩儿，她正在给自己做裙子。

"下午好，玛任卡小姐。"科尔巴巴先生说，"你是在给自己做嫁衣吗？"

"哦不，"玛任卡伤心地说，"我是在给自己做去世时穿的衣服。"

"天哪！天哪！"科尔巴巴先生关切地说，"事情没有那么糟糕吧？或许你只是身体不舒服？"

"我没有不舒服，"玛任卡叹了叹气，"但我的心已经碎了。"她说着，把双手捂在了胸口。

"上帝呀！"科尔巴巴先生说，"请等等，玛任卡，请先不要悲伤。请允许我问问，你到底为什么这么悲伤？"

"我在等一封信，已经等了一年零一天，还是没等到。"玛任卡低声说。

"请不要因此悲伤了。"科尔巴巴先生对玛任卡说，"我的包里一直放着一封信，我没办法把它交给收信人，因为我不知道谁才是收信人，但是现在我要告诉你，这封信是给你的。"科尔巴巴先生把包里的信交给了玛任卡。

玛任卡现在更伤心了。玛任卡低声说，"或许这不是给我的信，这信封上什么都没有写呀。"

"这个嘛，你打开信封就知道了。"科尔巴巴先生让玛任卡拆开了信封，说："如果这不是给你的，你再把它还给我也好。"

玛任卡打开了信，她的手指因为激动而颤抖。她看完了信，羞得满脸通红。

"怎么样？"科尔巴巴先生说，"你还需要把这封信还给我吗？"

"不了，"玛任卡的眼里闪烁着喜悦的泪水，"邮递员先生，这就是我等了一年零一天的那封信。邮递员先生，我真是不知道该怎么感谢您才好了！"

"听我说，"科尔巴巴先生说，"你要是想感谢我，就请交两克朗的罚款吧，这是因为这封信没有贴邮票，你应该可以理解吧？我的天哪！为了收这两克朗的罚款，我跑了一年零一天！谢天谢地终于找到你了。"说完，他收下了玛任卡给的两克朗，然后说："对了，玛任卡小姐，外面有人正在等你呢。"弗兰齐克此刻就在村角等着。

弗兰齐克和玛任卡见了面，科尔巴巴先生找到了穿黑衣服的先生，在他身边坐了下来，说："我为送这封信到处跑了一年零一天，但还好，一切都是值得的。我走遍了这个美丽的国家，去过很多地方。噢，弗兰齐克已经说完了。你看，比起写一封没有地址的信，他还是直接把自己想说的话告诉玛任卡比较好。"

弗兰齐克走了过来，没有说话，但他的眼睛正在闪光。"现在，先生，我们就回去吧？"他问。

"好的，我们回去吧！"穿黑衣服的先生说，"但首先，我们要把科尔巴巴先生送回邮局去。"弗兰齐克上了车，他发动了车子，踩下油门，车子嗖地冲了出去，又快又平稳。现在车的时速有一百二十公里。

　　"这可真是一辆不错的车，难道不是吗？"穿黑衣服的先生高兴地说，"它之所以能跑得这么快，是因为开车的司机很开心。"

　　就这样，他们一路坐着车，平安地回到了邮局。

狗和精灵的童话

我爷爷过去开过一家磨坊。他的马车把麦子从村子里运到磨坊磨成面粉，再把面粉做成面包送回村子里去。这就是他的工作。

村子里的人都知道沃日谢克，要是你向他们问起沃日谢克，他们就会告诉你：沃日谢克呀，它总是和老苏力特凯一起，坐在驾驶座上，看起来神气极了！有时候车到了上坡路，马儿们走不动了，只要沃日谢克叫两声就能让它们继续前进。这两匹马分别名叫费达和詹卡，老苏力特凯坐在后面挥了挥鞭子，它们就飞快地跑起来，不一会儿就能到村子里去。它们跑得又快又稳，每次都能顺利完成工作。总而言之，镇子里的人就这么认识了这只小狗——沃日谢克。

差点儿忘了告诉你，那时候汽车还没被发明出来，大家总是小心翼翼地驾驶马车，看起来十分优雅。马车没有喇叭，车夫需要自己跟路上的人打招呼借过。在驾驶马车这件事上，没人能比得过老苏力特凯，他是个命中注定的好车夫，他可以用弹舌头的声音和马儿沟通。更别提他还有沃日谢克帮忙，这只聪明的小狗坐在老苏力特凯旁边，发出汪汪的叫声，帮他解决了不少麻烦。他的马车跑得飞快，转眼就跑得老远，路上连尘土都没有扬起来，人们只能在他经过后闻到马儿留下的味道。好吧，其实若没有沃日谢克的帮助，老苏力特凯或许并不能把马车驾驶得这么好。

人们早早地就在家等着，竖起了耳朵仔细听沃日谢克的叫声，又闻闻空气里有没有马儿的味道，直到听到"啊哈"的声音，就知道是老苏力特凯和沃日谢克驾着马车，给他们送面包来了，于是，赶紧跑到自己家门口等着。马车驶进村子，老苏力特凯弹着舌头给马儿们打信号，沃日谢克一路发出汪汪的叫声，然后"噌"地一下跳到了詹卡的背上。还好它的背上容得下沃日谢克。詹卡的背有饭桌那么宽，能容下四个人同时坐在上面吃饭呢！

沃日谢克在詹卡的背上跳起了舞，一会儿朝詹卡的肩上跑，一会儿朝詹卡的尾巴跑，还发出汪汪的叫声，看起来很开心。它大声地叫着："看呀，小伙伴们，快冲呀！费达、詹卡，还有我，我们干得真不错呀！汪汪汪！"它的叫声引来了小孩子们，他们惊奇地盯着眼前这只活蹦乱跳的小狗。每次老苏力特凯去村子里送面包的时候，都是这样的场景。天哪！每次他到的时候都是这么热闹，简直要比皇帝来了还热闹。要我说，这么多年过去，我还从来没见过哪只狗能像沃日谢克那样驾车的。

沃日谢克的叫声就像机关枪一样，大鹅走在路上听到它的叫声，都被吓了一大跳，尖叫着跑开了。大鹅一路跑到了隔壁镇子才回过神，发现自己原来跑了这么长的一段路。村子里的鸽子听到沃日谢克的叫声，全都被吓得飞上了天，又飞了好几圈才回过神，飞到了镇子的另一头才敢落地。调皮的沃日谢克，它叫的时候真是使出了浑身的力气。它叫的声音越大就表示越开心，开心时飞快地摇尾巴，我有时候真担心它的尾巴会被甩出去，不过，沃日谢克确实应该为自己感到自豪，就算是再帅气的军人，都没有它那么洪亮的嗓音。

不过，您相信吗，在还是小沃日谢克的时候，它根本不知道怎样像别的狗那样发出叫声。那时候的小沃日谢克特别淘气，有一次，它用锋利的牙齿，竟把爷爷最高级的皮靴给咬穿了。

关于沃日谢克是怎样来到我们家的，你要知道，是我爷爷找到了沃日谢克，而不是沃日谢克自己跑到我们家来的。那次，爷爷在酒馆喝了一些酒，天已经黑透了才回家。或许是他太开心的缘故，又或许是因为他想吓跑路上的坏蛋，总之，他一边走路，一边大声唱起了歌。他唱着唱着，突然跑了调，他想，一定是自己把调子丢在路上了，于是，他停下了脚步，在黑暗里摸索着想找到它。他感觉有什么东西在自己脚边发出嘤嘤的声音，蹭着他的脚踝。他顺着那细小的声音弯下腰，在黑暗中伸出手，感觉自己摸到了一个温暖的、毛茸茸的东西，和高级枕头上的天鹅绒一样软软的。他把这软软的小东西捧在手心。小东西不再担惊受怕地嘤嘤地叫了，它轻轻咬着爷爷的手指，好像把爷爷的手指当成了好吃的。"我得好好看看这个小家伙。"爷爷心想，于是，他带着这个小家伙回到了磨坊。

奶奶一直在等爷爷回家。终于把他盼回来了，刚张开嘴准备说话，就被爷爷打断了："爱莲娜，快来看看我给你带来了什么！"奶奶眯起眼睛仔细地看爷爷手心里的小东西。"天呐，原来是一只小狗！是一只真的小狗呢！它一定是刚出生的，又小又黄，像一颗小果核。"

"小狗狗啊！"爷爷皱着眉头问它："你的妈妈在哪儿呢？"

小狗当然没办法回答爷爷的问题，它只是可怜的浑身颤抖，连小小的尾巴也在颤抖。它委屈地哭了出来，眼泪啪嗒啦嗒掉在桌子上，好像下雨天路上的小水坑一样，

向周围扩散开来。

"卡雷尔啊，卡雷尔，"奶奶摇着头，沮丧地对爷爷说，"你难道连一点基本的常识都没有吗？小狗离开了它的妈妈，是活不下去的呀。"爷爷听了这话，吓了一大跳，赶紧说："快点，爱莲娜，快给它拿点热牛奶来，还有面包！"奶奶拿来了热牛奶和面包，爷爷用面包蘸了热牛奶，用他的手绢小心翼翼地把面包包起来给小狗喂奶。小狗还以为是它的妈妈来了，用力地吸着手绢，饱餐了一顿，它的肚皮撑得像小鼓一样。

"卡雷尔啊，卡雷尔，"奶奶摇着头，继续焦急地说，"你难道疯了吗？这么冷的天，这样下去小狗会被冷死的呀。"爷爷可不是轻易认输的人。他马上想到了办法，他把小狗带进了马厩，在这里的费达和詹卡正往外呼着热腾腾的气。马儿已经睡着了，但当知道主人来了的时候，它们竟立刻抬起头，用闪闪发光的眼睛看着爷爷。"詹卡、费达，听我说，你们要好好保护小沃日谢克，明白吗？从今天起你们要对它负责。"说完，爷爷把小沃日谢克放在了它们面前的草堆上。詹卡闻了闻它，闻出了它身上有爷爷留下的味道，然后它对费达小声说："它和我们是一家的。"

从此，小沃日谢克便成了爷爷家的一分子。

小沃日谢克一直住在马厩里，从手绢里吸奶喝，当它能睁开眼睛的时候，爷爷就开始教它用盘子吃饭。爷爷耐心地照顾着小沃日谢克。小沃日谢克长得很快，它现在看起来像漫画里的狗狗一样。不过小沃日谢克每天只顾着调皮捣蛋，根本没办法安静地坐下来一会儿。有一次，它甚至试着倒立过来，那次它可疼惨了。它都不知道尾巴是用来干什么的。还有，它只能从一数到二，当它分不清自己的四条腿时，就不管三七二十一，使劲地跳起来，然后趴在地上吐出自己的小舌头，不过，其实所有的小狗都是这样的，像小婴儿一样。

你能从费达和詹卡那里听到更多关于沃日谢克的故事。它们会告诉你，对于上了年纪的马来说，每天跟在这只小狗身后照顾它有多么累。每走一步都得轻轻地、轻轻地走才行，否则它们的蹄子如果踩到小淘气狗的身上那就惨了。唉！照顾小孩子可真不容易，问问费达和詹卡吧，它们一定会这样说的。

沃日谢克很快就长成了一只真正的、成熟的狗。它很聪明，跑得也快，有和别的狗一样尖利的牙齿，但身上却仍然少了一样东西：它从来没有像别的狗那样吠叫过，有时候会发出嘤嘤的声音，但那可算不上狗的叫声。有一天，奶奶自言自语地说："沃日谢克为什么还没学会怎么叫？"她怎么也想不到答案，就这样，这个难题让她烦恼了整整三天。直到第四天，她跑去问爷爷："沃日谢克为什么不会叫呢？"

爷爷想了想，也想不出这是为什么。这个难题又让爷爷烦恼了整整三天。第四天，他找到了马夫苏力特凯，他问苏力特凯："沃日谢克为什么还不会叫呢？"

苏力特凯听了爷爷的话，把这个问题记在了心里。即使在酒馆喝酒时，他也惦记着这个问题。这个难题又让苏力特凯烦恼了整整三天。第四天，苏力特凯迷迷糊糊觉得自己的脑子里一片空白。当他找酒馆老板付账时，想付六克朗，却好像被魔鬼缠上了身，怎么也数不对钱数。

"我说，苏力特凯，难道你小时候没跟你妈妈学过数数吗？"酒馆老板问他。

听了这句话，苏力特凯突然不数了，他双手一拍大腿，然后就一溜烟儿地跑去找爷爷。他使劲儿敲爷爷家的门，大喊："老板！老板！我知道是为什么了！沃日谢克不会叫是因为没有妈妈教它！"

"原来是这样！这下可怎么办？"爷爷说，"你说得对，但沃日谢克的妈妈不在这里，费达和詹卡也没办法教它，附近也没有人养狗，所以沃日谢克从来没听过狗叫声。对了，我说苏力特凯，要不就你来教它怎么叫吧！"

苏力特凯进了马厩，开始教沃日谢克学狗叫。

"汪汪！"苏力特凯给沃日谢克做了个示范，他向沃日谢克一点点解释怎么叫："注意看我是怎么叫的，先发出呜呜的声音，用你的嗓子发声，然后迅速让声音从嘴里出来：呜——汪汪汪，呜——汪汪汪！"

沃日谢克竖起耳朵，它发现这声音简直像音乐一样。它喜欢这声音，听着这声音，快乐极了！突然，它自己也开始叫了。但它的叫声听起来有些奇怪，那声音就好像是有人在用刀子划瓷盘子，不过，对于一个初学者来说，沃日谢克已经做得不错了。毕竟，连人学说话都需要费很大功夫呢。

费达和詹卡听到苏力特凯的叫声，连忙竖起耳朵，它们被这一幕惊呆了，不过很快又耸了耸肩膀，决定不让这件事影响到苏力特凯在它们心中的地位。

话说回来，事实证明沃日谢克很有学狗叫的天分，它很快就学会了怎样像别的狗一样发出洪亮的叫声。

过了一段时间，苏力特凯第一次带沃日谢克坐马车，它在马车上左蹦右跳，好像有人在用枪打它似的。从学会叫的那天起，它就爱上了狗叫声，每天从早到晚叫个不停。它彻底学会了怎么像别的狗一样叫，并且因此感到非常自豪。

沃日谢克生活中的乐事有很多，和苏力特凯一起乘车只是其中的一件。每天早上，它都会先在磨坊里跑个来回，检查有没有丢什么东西。如果母鸡们叽叽喳喳吵个不停，它就跑过去喊它们安静下来。做完这些，它就会跑到爷爷的脚边，摇摇尾巴，看起来很精神的样子，好像在说："卡雷尔，你回去再睡一会儿吧，我会帮你工作的。"每当它这样做时，爷爷都会夸奖它，然后就回房间睡觉去了，但过一会儿，爷爷就要到村子里、镇子里去买麦子，有时还会买一些其他东西，比如，苜蓿种子、小扁豆或者罂粟籽。爷爷去买东西的时候，沃日谢克就跟在他身边。他们在一起时，就算回家再晚，沃日谢克也不会感到害怕，而且总能在爷爷搞不清方向的时候，很快找到回家的路。

对了，有一次爷爷去外面买种子，如果我没记错的话，应该是在兹立奇卡，那次他进了一家酒馆。沃日谢克就在外面等爷爷，它闻到了一股香味，不知道是谁家在准备饭。那香味馋的沃日谢克恨不得冲到他们家去，它打赌那家人一定在吃好吃的香肠。沃日谢克就跑过去坐在他们家的窗根下。它想，或许那家人会把香肠皮扔出来的。

这时候，一辆马车也停在了酒馆门前，马车的主人（也是爷爷的邻居）走了过来。我记得他好像是叫尤达尔。尤达尔在酒馆的吧台和爷爷见了面，他们今天都提前完成了工作，两个人一起聊了会儿，最后决定一起坐马车回家。他们上了马车，但爷爷竟完全忘了沃日谢克还在等他。

这时候，沃日谢克还在别人家窗根下等着吃香肠皮呢。那家人吃完饭，把香肠皮扔给家里的猫去舔残渣。沃日谢克有点伤心。这时，它才突然想起来它得在酒馆门口等爷爷。它赶紧跑了回去，还在酒馆里闻来闻去，却闻不到爷爷的味道。

"沃日谢克"，酒馆老板对它说，"你的主人往那边去了。"他用手指了指爷爷离开的方向。

沃日谢克听懂了他说的话，开始往家里跑。一开始它选的走大路，过了一会儿它心想："我真傻，直接翻过这座山不是更快吗。"于是，它决定爬山，从山林里穿过。

夜幕降临，但沃日谢克一点儿也不害怕。"我只是一只狗"，它在心里对自己说，"没人会想打劫我的。"不过，它已经饿得肚子咕咕叫了。

到了深夜，月亮悄悄地爬上了天空。这时，树林中突然出现了一片空地，月光轻轻地从树的顶端洒了下来，给夜晚的山林镀上一层银色。这一切都太美了，沃日谢克被这样温柔的夜色吸引着，在一片寂静中，它的心激动得怦怦直跳。晚风沙沙地吹

过，声音好像是音乐家轻抚着竖琴。

　　它向着山林更深处跑去，前方好像有一条
看不到尽头的隧道。这时，突然有一道银色的光闪
过。风的声音更大了，沃日谢克吓了一跳，感觉自己身上的毛全都竖
起来了。它小心地匍匐前进，警惕地观察四周的情况。

　　前面是一片洒满月光的草地，有一群精灵正在草地上，沐浴
着月光翩翩起舞。这些精灵全都是白色的小狗，它们的毛
雪白雪白，几乎是透明的。它们舞蹈的动作轻柔极
了，连小草上的露珠都没有碰到。沃日谢克马上意
识到，它们就是传说中的精灵狗，因为它们身上没
有真正的狗身上的那种特殊味道。

　　沃日谢克躺在湿漉漉的草坪上，看这些精灵狗跳舞。

它看呆了，甚至忘了眨眼睛。精灵狗们一会儿跳舞，一会儿互相追逐打闹，一会儿追着自己的尾巴跑。无论它们做什么，都是轻轻的，连脚下的一棵小草都没有踩到。沃日谢克仔细地观察着精灵狗们，它还不是很确信自己的判断："如果它们之中有一只狗给我挠痒痒或者咬我身上的跳蚤，那么我就能确定面前这些只是普通的白色小狗了。"但它等了很久，也没有一只狗给它挠痒痒或者咬它身上的跳蚤。毫无疑问，它们一定就是传说中的精灵狗了。

当月亮升到天空最高处时，精灵狗们全都抬起头，对着月亮，用一种温柔甜美的声音吠叫。这叫声简直胜过世上所有唱诗班的声音。沃日谢克陶醉在吠叫声中，感动得甚至流出了眼泪。它想和它们一起吠叫，但又怕自己会打断它们这如此美妙的声音。

过了一会儿，精灵狗们不吠叫了，它们围绕着一只看起来很稳重的老精灵狗躺了下来。它一定是仙女下凡，或者是个神仙，在它身边的所有精灵狗都安静了下来。

"请您指点指点我们吧。"精灵狗们对它说。

老精灵狗笑了，说："那就让我告诉你们，狗是如何创造出人类的吧！

"上帝创造这世界和这世上所有的动物的时候，选了一只狗担任主管，因为狗是动物中最聪明可靠的。那时所有的动物都在一片乐土上度过自己的一生，再带着快乐和幸福转世重生。只有狗，变得越来越悲伤。所以上帝就问狗：'别的小动物都这么开心，你们为什么这么难过呢？'最年长的那只狗是这样回答的：'上帝，如您所见，我们和其他小动物一样，都对自己的生活满意极了，但在狗的脑海中，还有一个神圣的使命，因为这一点，我们知道，这世上还有高于我们的存在，那就是您呀，创造宇宙万物的存在！我们能闻出所有东西的味道，却唯独闻不出您的，我们都太想闻闻您身上的味道了。上帝啊，就请您满足我们的愿望吧，为我们创造一个神，让我们

去闻他身上的味道吧！'听了这话，上帝微微一笑，说：'给我拿一些骨头来吧，我来为你们创造一个你们能闻到味道的神吧。'话音刚落，所有的狗就立刻朝着四面八方跑去找骨头：有的找来了狮子的骨头，有的找来了马的骨头，有的找来了骆驼的骨头，有的找到了猫的骨头。它们几乎找来了所有动物的骨头，唯独没有狗的骨头，毕竟从来没有一只狗抓过狗，更别提拿来它们的骨头了。就这样，它们把所有骨头堆在一起，上帝就用这些骨头创造出了一个人，一个能让狗们闻出味道的人。不过，正因为这个人的身上唯独缺了狗的骨头，他身上有了其他所有动物的优点：像狮子一样强壮，像骆驼一样耐心，像猫一样灵巧，像马一样大方，却唯独不像狗一样忠诚，他们一点也不忠诚！"

"请再给我们讲点什么吧！"精灵狗们恳求到。

老精灵狗又笑了，于是，它继续说："那我就来跟你们说说狗是怎么去天堂的吧！人去世后，他们的灵魂就会到星星上去，但一开始却没有一只狗能得到这种待遇；后来，上帝为狗创造了一颗新的星星，还给这颗星星装上了尾巴。这样，狗的灵魂到了天上就能认出这颗星星了。有一只狗的灵魂真的找到了这颗星星，它开心极了，像在草坪上那样在天上跑来跑去。其他星星都按照固定的轨道运行，只有这颗星星带着一条尾巴，在天上跑来跑去。这颗星星被称为彗星。"

"请再给我们讲一些吧！"精灵狗们再三恳求。

"那么，就让我告诉你们，"老精灵狗说到，"很久很久以前，有这样一个王国，那里有一座狗的城堡，但因为人类嫉妒狗的王国，给王国施了法术。不久后，整个王国连那座大城堡一起全都沉到了地下。如果有人找准地方挖，没准儿还能找到那些狗的宝藏。"

"狗的宝藏长什么样呢？"精灵狗们好奇地问。

"那是一座绝美的宫殿。那里的柱子是由最精美的骨头制成的，绝对没有一根是被咬过的，柱子上满满的全是肉，像火鸡腿一样肥美。那里有一个由火腿制成的宝座，宝座下的台阶是由还滴着油的培根制成的。其中一级台阶上铺了一块地毯，是用一整张香肠皮制成的，香肠皮上还有厚厚的一层肉呢。"

　　听到这里，沃日谢克再也忍不住了。它冲到了老精灵狗面前，流着口水问："汪汪——宝藏在哪里？汪汪——快告诉我狗的宝藏到底埋在哪里？"

　　可惜沃日谢克刚过去，所有的精灵狗就消失了。沃日谢克连忙又揉了揉眼睛，但它的面前这时候什么都没有了，只有一片平坦的洒满月光的草地。所有的小草都好好的，连草叶上的露珠都还在，丝毫没有被踩过的痕迹。现在只有月光还静静地洒在草地上，一闪一闪发着银色的光芒，周围的树木好像一堵黑色的墙，一层一层将这片空地团团围住。

　　这时，沃日谢克突然回过神来，它想到无论什么时候，爷爷和奶奶总会在家里为它准备好面包和水的。它这么想着，加快脚步往家里跑去了。从那天起，只要爷爷一带着沃日谢克走森林里的那条路，它就会想起来地下还埋着狗的宝藏，于是，用自己的四只爪子不停地挖土，每次都会在地上挖出一个深坑。沃日谢克还把这个故事告诉了它见到的别的狗，别的狗又告诉了别的狗，就这样，不出几天时间，这个故事就传到了所有狗的耳朵里。这些狗只要一想到那沉入地下的狗王国，还有那埋在地下的宝藏，就会在地下挖一个坑，在坑里闻来闻去，想找到那属于它们的火腿宝座。

CAPEK'S FAIRY TALES

鸟和天使的童话

　　嘿，孩子们呀！你们可真是不知道鸟儿们在一起的时候都会聊些什么。他们只有在早上，准确地说是清晨，天刚蒙蒙亮，小朋友们还没有从睡梦中醒来的时候，才会互相聊一会儿天。接着，他们忙碌的一天开始了，就没空聊天了。一会儿在这边啄谷子，一会儿到那边抓虫子，一会儿又得到别处抓苍蝇。

　　鸟爸爸要飞出家门找吃的，鸟妈妈要待在家里照顾鸟宝宝，每天都是如此，所以他们只能在清晨短暂地聊聊天，就是在他们起床以后，打开了鸟窝上的小窗，把枕头拿出来晒的时候，还有在他们做早饭的时候能抽出一点时间。

　　"早上好呀，"画眉鸟在自己的窝里，大声对住在松树上的邻居麻雀说，"美好的一天又开始啦！"

　　"是呀，是呀，是呀。"麻雀带着韵律唱着说，"我准备找个地方啄啄啄一点，好好好吃的东西去。"

"说得没错，说得没错。"屋顶上的鸽子嘟嘟囔囔地说，"我可有麻烦啦，朋友们。现在的谷子太少了，太少了呀！"

"听我说，听我说，"麻雀听到这话，骨碌一下从床上坐起来，抢着说，"这都是因为人类开始开汽车了，你们懂吗？以前他们只有马，每次那些驮粮食的马都会把谷子掉得到处都是，现在可没有这等好事了，我们能有什么办法呀？现在的车跑得飞快，什么都不给我们留，什么都不给我们留呀！"

"唉！唉！唉！没办法。"鸽子咕咕地说，"这是什么鬼日子啊！太难过了，朋友们！我每天辛辛苦苦地报信，又有什么回报呢？他们连一把谷子都不给我吃，这是什么世道呀！"

"你的意思是你居然比我们麻雀过得还差吗？"麻雀说，"我告诉你，要不是我已经在这里安了家，我早就跑到别处去了。"

"就像从戴唯策来的那只麻雀一样，"这时候鸫鹩突然插嘴说道。他刚才一直在灌木丛里听大家聊天。

"从戴唯策来的？"麻雀说，"我有个朋友菲利普就在戴唯策。"

"我说的不是他。"鸫鹩说，"我说的那只跑到别处去了的麻雀裴匹克。我跟你说，裴匹克可真是个小邋遢，他连自己的梳子都洗不干净，每天游手好闲，只会坐在那里发牢骚，老爱说：'在这儿住真是太糟糕了。'还说：'其他的鸟，一到冬天就飞到南方去了，去海边度假，或者去温暖的埃及。布谷鸟、燕子、夜莺全都飞走了，只有可怜的麻雀，要在这个地方辛辛苦苦地生活一辈子。我可受不了这里。连燕子都能飞到埃及去度假，亲爱的朋友们，为什么去埃及的不能是我呢？我可是能一口气就飞过去的，我可没吹牛。只要带上我的牙刷跟睡衣，再带上球拍和球就够了。到了那

里，我想打网球，等着看我怎么打败那些网球冠军吧，我可已经练好了必杀技。我会假装发高球，其实我的目标是低处。别人或许会发球，但我会把自己发射出去。他们看我飞过去，还以为我是球，等我飞过去的时候，我就嗖地一下飞走。等着瞧吧，等着瞧吧，朋友们。等我在网球场上把他们都打败了，我就找一个有钱的美国鸟结婚，在森林里买一栋大房子，然后在屋顶上筑巢——我可不用破稻草筑巢，到时候我要用麦苗、龙舌兰苗、棕榈叶、西班牙草、马毛这些东西筑巢。再告诉你们我要用什么做帽子——松鼠尾巴！'裴匹克把自己做的白日梦当了真，他每天一大早就开始大声地抱怨自己在这里的生活有多糟糕，号称自己要去海边度假村定居。"

　　"所以他最后去了吗？"住在松树上的画眉鸟问。

　　"他去了。"鹪鹩在灌木丛里说。"他一直等到过了节日，听完了乐队演出——他特别喜欢这些东西——第二天一大早他就往南方飞去了，但是呀，麻雀们以前从来没有往南方飞过，所以根本没有一只麻雀知道去南方的路到底怎么走。裴匹克的羽毛很少，到了晚上他觉得冷，却没钱去住酒店。你们也知道，麻雀就是天生的无产阶级，什么财产都没有，每天只是在屋顶上飞来飞去。总而言之，那只叫裴匹克的麻雀最远只飞到了卡尔达少瓦-热奇策市。他身无分文，所以再也走不远了。不过让他感到安慰的是，卡尔达少瓦-热奇策市的市长十分'友好'地对他说：'你身无分文，也没有一技之长。你觉得在我们卡尔达少瓦-热奇策，每天什么都不用做，只需要等着大把大把的谷子从马背上掉下来吗？要是你想留在卡尔达少瓦-热奇策，就不准在广场上或者是酒店前面游荡，更不能像我们这里的本地鸟儿一样出现在大街上。你要是想留在这里，只准在背街里行走。至于你要在哪里住，我们已经安排好了，给你分配一捆稻草，自己到五十七号房旁的角落里搭一个窝去吧。把这个声明表签了，就赶紧走吧，别再让我看到你。'就这样，本来想去海滨度假的裴匹克，只好留在了卡尔达少瓦-热奇策。"

"那么，他就留在那儿了吗？"鸽子咕咕地问道。

"是呀，他还在那儿。"鹟鹟说，"我姑姑也住在那里，她就见过裴匹克。她说他的日子过得不怎么样，还经常闯祸。卡尔达少瓦-热奇策的生活不适合麻雀，那里可能太无聊了。戴唯策到处都有车坐，还有许多好玩儿的地方，但卡尔达少瓦-热奇策可什么都没有。想想吧，这种生活对于裴匹克来说肯定无聊死了。有人邀请他去里维埃拉度假，但他不得不留在卡尔达少瓦-热奇策，毕竟他还没在那里领到生活费呢。他成天跟别人说里维埃拉有多好，说戴唯策有多好，结果现在卡尔达少瓦-热奇策的麻雀都信了他说的话，以为别的地方都比他们待的地方好。现在呀，那些麻雀也开始和裴匹克一样，每天不出去找吃的，只是懒洋洋地晒着太阳说闲话。听听他们说的是什么吧——'哪里都比这儿好，都比这儿好，比这儿好。'"

躲在灌木丛里的山雀说："你说的是，这世界上就是有这样呆头呆脑的鸟儿。有一只燕子爱读报纸，报纸上总爱说我们在生活中犯的错误，可是在美国，天哪，那里的鸟儿可真让我们大开眼界！他们知道的可太多了！她总是这样说，说得多了就决定自己非去美国看看不可。她这样想，也真的这样做了。"

鹟鹟听了，问："可她是怎么去那么远的地方的呢？"

"这我就不知道了，"山雀说，"大概是坐船去的，也或者坐飞机去的，她有可

能在飞机上建了一个巢，还装了一扇窗户用来通风。总之，她去了美国一年，后来回来了。回来以后，这只燕子不停地跟大家说她在美国的见闻，说那里和我们这里有多么不一样。"

"'哦天哪！这里跟那里可比不了，我这么说吧，我在那里连一只云雀都没见到。'她还说，'那里的楼房可太高了，要是在楼顶建一个窝，一不小心把蛋掉了出去，等蛋落到地上的时候，那小鸟早都孵出来了，不仅如此，那鸟儿还早都已经长大成家，生儿育女，度过了自己的一生了。所以呀，到最后掉到楼下的，早就不是鸟蛋了，而是一只早就去世了的死鸟儿。我可跟你们说，那里的楼房就有这么高，真是太高了。'她是这样说的。她还号称在美国，所有的房子都是用混凝土盖的，她已经学会用混凝土盖房了。如果有谁愿意跟她去美国的话，她就会领着他们参观自己的混凝土鸟巢。现在麻雀还是用泥巴筑巢，因此被她嘲笑了一番。总而言之，她的这番话吸引了四面八方来的鸟儿，大家都想亲耳听一听她的故事。因为来的鸟儿实在是太多了，不得不增加了一万多条电线，他们才有地方坐。

"大家好不容易聚集在了一起，这只'美国鸟'就开始了自己的演讲：'咳咳，大家听我说，我现在要好好跟你们解释一下在美国是怎样用混凝土盖房子的。首先，铺一层水泥；其次，放一层沙子；最后，给上面浇一层水。这样就做成了一种黏糊糊的东西，这就是筑巢要用的原料了。要是没有水泥，用灰泥浆也是可以的。把石灰和成泥巴一样，做成灰泥浆，再加上沙子，也可以筑巢用，但要注意必须要用熟石灰才行。现在我来告诉你们怎么制作熟石灰。'她这样说着，从附近正在盖的一栋房子上取了一些生石灰来。她飞过去，塞了满嘴的生石灰，然后飞快地飞走了。

"但她的嘴里还有口水，石灰见了水就会沸腾，这下她的嘴可被烫坏了。旁边在看热闹的鸟儿们都被吓了一跳，她赶紧把生石灰吐了出去说：'看到了吗，在美国我们就是这样做熟石灰的。哎呀，真是烫死我了，但这就是最好的方法！天呀，天呀，你们可好好看着吧！不管是哪里的动物，都好好看着吧！在美国我们就是这样做熟石灰的！'她的嘴已经被烫坏了，大叫着想掩饰自己的疼痛。围观的燕子们看到她这样子，立刻对她接下来要讲的东西失去了兴趣，全都一溜烟儿飞走了，'我才不愿意那样做呢。想想吧，为了筑巢甚至要把我们的嘴巴烫坏！'就这样，一直到今天所有的燕子都还是用泥巴筑巢，他们才不愿意用那只'美国鸟'教的方法呢。故事到这里就讲完了，朋友们，我想你们也觉得这故事很有趣吧。好了，不说了，我该去市场上买东西了，先走一步。"

"先生，先生！"黑鸟女士朝他喊道，"你到市场以后，麻烦帮我买两磅虫子吧，要又长又新鲜的那种，你知道的。我今天没时间亲自去抓虫子了，我得教孩子们飞行。"

"为你效劳我乐意至极，亲爱的邻居。"山雀说，"教孩子飞行真是一项不简单的工作，我理解你。"

白桦树上的八哥大声地说："但我猜你肯定不知道是谁教会我们飞行的。我来告诉你吧，冬天咱们这里雪下得最大的时候，一只老乌鸦来到了这里，我就是从他那里听说的这个故事。那只老乌鸦当时已经一百岁了，他还是从他的祖父那里听说的这个故事，他的舅舅也从他祖母那里听说过同样的故事，所以不用我说你们也能知道，这故事一定是真的。是这样的，你们都知道晚上有时候能看到流星，但我可要告诉你们，有些从天空划过的亮点可不是流星，那是天使蛋。天使蛋从非常非常高的地方落下来，半路上就起了火，所以看起来和流星一模一样。相信我，这都是真的，老乌鸦就是这么说的。人类不把这种东西叫天使蛋，他们有别的叫法，是什么来着——陨蛋？晕蛋？反正就是和这个差不多的名字。"

"是陨石。"黑鸟说。

"对对对，就是这个！"八哥说，"过去的鸟根本不知道怎么飞，他们只能在地上跑来跑去，像农场里圈养的母鸡一样。他们看到天使蛋从天而降的时候，就想着把它孵出来，看看里面会出来什么东西。这可是真事儿，老乌鸦就是这么说的。有一天傍晚，天快黑的时候，那些鸟正在闲聊，突然，就在他们身后不远的树林里，突然有一只闪着光的金蛋从天而降。一开始他们被吓坏了，后来还是鼓起勇气一起去探个究竟。他们让一只鹳走在最前面，因为鹳的腿是最长的。那只鹳找到了金蛋，他用爪子轻轻地把它抓了起来，但又赶紧扔掉了，因为蛋还很烫。鹳的两只脚也被烫得通红，但他还是坚持着把那只蛋带给了其他鸟儿看。完成这项任务后，他赶紧跳进了水里，给自己的脚降温。从那以后，所有的鹳都总是把脚藏在水里，因为他们的脚实在是太烫了。这些都是那只老乌鸦告诉我的故事。"

"他还跟你说什么了？"鹡鸰问。

"他说，有一只走起路来摇摇晃晃的大鹅，说要来孵那只闪光的蛋，但那只蛋还是很烫，大鹅的肚子被烫到了，于是，大鹅赶紧跳到水里，凉凉肚子。现在知道为什么大鹅总是把肚子藏在水里了吧。后来，还有很多鸟儿试着孵这只蛋，但都失

败了。"

鹩哥接着问："有鹩哥去孵过那只蛋吗？"

"当然了，"八哥说，"鸟都在那只蛋上坐过，但他们全都失败了。后来，有人对母鸡说，她应该去试试孵一下那只蛋。她说：'咕咕，那是什么？那是什么？你以为

我有时间去干这种事吗？我每天都忙着在地上找吃的呢！想想吧，我要是放下自己的事情去孵那只蛋，可真是蠢透了。'所以母鸡没去孵那只天使蛋。等所有鸟都失败了以后，一位天使竟然自己从那只蛋里走了出来。他出来的时候不像其他鸟那样一出生就开始叽叽喳喳地叫，而是拍了拍翅膀，一下子飞到天上去了。他说：'小鸟们，是你们让我获得了自由，我该怎样报答你们呢？这样吧，从现在开始，你们都可以像天使一样自由飞翔。试试吧，现在像我一样拍拍翅膀吧，一、二、三，飞！这样就能飞起来了。照我的样子做吧！他向鸟们示范怎样挥动翅膀，等他数到三的时候，所有鸟都一起飞了起来。直到现在，我们也是这样飞行的，但母鸡不会飞，因为她当时不愿意去孵天使蛋。这可是一个真实的故事，老乌鸦就是这样说的。"

"大家都看着我吧，"黑鸟说，"一、二、三，飞！"于是，所有鸟跟着他一起抖了抖尾巴，展开翅膀，用天使教过他们的方法，唱着歌飞走了。

水精灵的童话

孩子们，你们可不要以为世界上没有水精灵。我要告诉你们，世界上真的有水精灵，而且有很多种呢！

我以前住在伏尔塔瓦河附近，那里就住着一个水精灵；加夫洛维茨的木桥下面以前也住着一个水精灵；拉德奇河里也住着一个水精灵。噢对了，有一次，他还来找我爸爸给他拔过牙，他是用一篮子银粉色的鳟鱼付的账，那些鳟鱼被包装得特别好，非常新鲜。虽然他给自己化了妆，但我还是一下子就发现他是水精灵了，因为他走路的时候会在地上留下一串水渍。

在格罗诺夫我爷爷的磨坊里也住着一个水精灵。他在闸门下藏了十六匹马，这就是为什么工程师们当时说，水库里出的水有十六马力，其实是那十六匹马一直在用力地拉着水磨。有一天晚上，老汤姆马丁去世了，水库里的水精灵也悄悄地走了，走之

前还把十六匹马放生了。那之后的三天，水磨仿佛是定住了，没再转过一下。

住在越大的河流里的水精灵，就有越多的马，有些水精灵有五十匹马，有些甚至有一百匹马，但有的水精灵就比不上这些住在大的河流里的水精灵了，因为他们连一只宠物狗都没有。

那些富有的水精灵中，有一位住在布拉格的伏尔塔瓦河里，他是位富有的绅士。

到了夏天，他还会驾船出海。在那里，就算是再普通的水精灵，也都是很富有的。他们开着豪车四处游玩，把泥点溅得到处都是。

不过，与此同时，还有很多水精灵，他们长得很小很小，只有人的手掌那么大。他们只有一只青蛙、三只小虫子、两个佣人。有些甚至住在破旧的小房子里，连老鼠都不愿意去他们住的地方。有些水精灵，一年里只能找到几个香烟盒，运气好的话能在马路上捡到婴儿掉的几个奶嘴。唉，他们可真的是很辛苦哪！这让我又想到了那些塞文河里的水精灵，他们可能有几千条鲤鱼，还有数不胜数的白丁鱼、鳝鱼、梭子鱼等，更别提他们还有很多美味的鲑鱼了。

水精灵习惯独来独往地生活，不过一年中也会有那么一两次，他们从四面八方赶到同一个地方，举办一场类似于本地集会的活动。

在我们这里，他们会将集会地点选在赫拉德茨–克拉洛维那片大草地旁边的深水池塘附近，因为那个地方又大又很漂亮，连池塘里的泥都是最有营养的那种。池塘里的泥巴必须得是黄色的或者浅棕色的。如果是红色的或者灰色的就不行，因为那种泥巴不够软。总之，他们会选择一个舒适而且潮湿的地方集会，来聊聊他们听说的新鲜事。

他们会聊到很多东西，比如，会聊那些泰丁顿的水精灵管理河流的方法和本地精灵有什么不同的地方；再比如，老史迪威搬走了之类的事情；还有他们白白浪费了的那些锅和丝带——水精灵要是想抓什么人，就得先买丝带，每条丝带会花四先令，而

且还要买锅，小小的一口锅也至少得花五克朗。

聊到这里，他们觉得，这样下去可不行，得换一种方法。

这时，有的水精灵说，在巴斯顿的那个水精灵贝斯，已经开始做别的生意了，他在销售矿泉水。连以前没什么出息的维洛斯都有了新的生意做，他经营的是水管生意。另外，还有很多水精灵，都有了其他赚钱的方法。

孩子们，你们需要了解的一点是，水精灵只能做和水有关的生意。这么说吧，他们可以给花园浇水，种植水田芥或者给人做唇部保湿。再比如，他们可以开水族馆或者做一个画海洋生物的画家。他们可以过得很好，甚至成为一名守护皇家浴室的骑士！明白了吗？他们只能做和水有关的事情。

只要开动脑筋，你就能想出许多水精灵可以做的工作，所以很少有水精灵愿意留下来从事他们的老本行。就这样，每年的集会上，出席的水精灵越来越少，他们聚在一起伤心地说："这次又少了五个，再这样下去，伙伴们，我们的老本行就要消失了。"

老克莱茨曼——那个从特鲁特诺夫来的水精灵说："很多事情都变了。天哪，天哪！几千年以前，整个捷克都在水下，所有人都和我们一样，哪有现在的人类……噢，或许我说得不对，老斯高特就和我们不一样……对了，我刚才说什么来着？"

"你说，整个捷克都在水下。"杜威水精灵告诉他。

"啊，对了！"老克莱茨曼接着说，"当时，整个捷克都在水下，就算是再高的山也都在水下。跟我们一样的水精灵来去自由，想去哪里都可以。当时，无论任何地方都是在深水里的。那个时候多好呀，伙计们！"

"是啊，多好呀！"从拉蒂博日来的库尔达跟着说道。老克莱茨曼的话让他想起了以前的美好时光。"那时候，我们可不像现在一样孤独，还得隐藏自己的身份。我们在水下建造了城镇，所有的东西都是我们用水做成的。家具是用硬水做的，羽毛床垫是用软的雨水做的。我们用热水给家里供暖。那时候没有海底，也没有岸边，只有水和我们。"

"你说得对，"利什卡说。利什卡从查博克尔克沼地来，大家都叫他"苦瓜脸"。"过去的水才叫水呀！你可以像切黄油一样把水切开，也可以把水滚成一个球、拉成一条线或者拧成一根绳子。那时候的水像钢铁，也像纤维、玻璃、更像羽毛。那时候的水像奶油一样，特别浓稠；又像橡树一样，特别坚硬；还像皮草一样，特别暖和。所有的东西都是由水做成。多好啊！就算是在美国，你现在也找不到那么好的水了。"说到这里，利什卡突然就开始生气了。

"那时候呀，"老克莱茨曼说，"那时候的水确实是非常好的，但那时的水不流动。我该怎么说呢？嗯，那时的水是有些缺乏灵性的。"

"你这话是什么意思呢？"泽林卡问他。泽林卡也是一个老水精灵，但没有其他的老水精灵那么老。

"这个嘛，缺乏灵性，""苦瓜脸"利什卡说，"那时候的水没有自己的声音，没办法讲述自己的故事。它呆板、沉默，就像现在的冰块一样。就像下雪的时候，到了午夜时分，一切都安静下来，我总会觉得有些悲伤。这时，如果把头伸出窗外仔细听，只能听到自己的心跳声，除此以外什么都是寂静的。这就是当水缺乏灵性的时候给人的感觉。"

"那你说说到底是为什么，"只有七千岁的泽林卡继续问他，"为什么现在的水就是有灵性的呢？"

"是这么回事，"利什卡说，"我的曾祖父曾经告诉过我，这些都是很久以前的事情了，至少得有几百万年了。那时候，有一个水精灵——让我想想他叫什么名字来着？拉科斯尼克？不，不是拉科斯尼克。米纳日克？不，也不是这个。加姆布尔？不，又错了。帕夫利歇克？不不不。天哪，他到底叫什么来着？"

"阿里昂。"老克莱茨曼说。

"对对对，阿里昂。"利什卡接着说，"我差一点儿就想起来这个名字了。总而言之，那个水精灵叫阿里昂。阿里昂有一项特殊技能，一项天赐的十分有用的技能。你们知道吗？他可以用非常优美的声音讲话、唱歌，能让你感动得说不出话，感动得流泪。可以说他是一个优秀的音乐家。"

"诗人！"库尔达纠正他说。

"诗人，音乐家，这都不重要，"利什卡说，"总之，我的朋友，他就能做到这么神奇的事情。我祖父说他们听到阿里昂的声音时，全都被感动得流出了眼泪。阿里昂的心里有别人无法感受到的悲伤，没人知道在他身上发生了什么。一定是我们无法想象的经历，才能造就出这样美好而迷人的性格。他就是用这种有魅力的声音在水下歌唱的。他的歌声感动了所有的水，它们像眼泪一样开始流动。他继续唱着，他的歌声似乎赋予了那些水什么东西。每一滴水都吸收了他的声音，从此水再也不是呆板沉默的了。它们会滴，会流淌，会低声细语，也会哈哈大笑；它们会交谈，会争吵，会表白，也会呐喊。它们会发出像滚石般的巨响，也会像清风一样温柔。从那时起，世界各地的水逐渐有了各自的语言，一般人是完全听不懂的。那种语言实在是太美好，

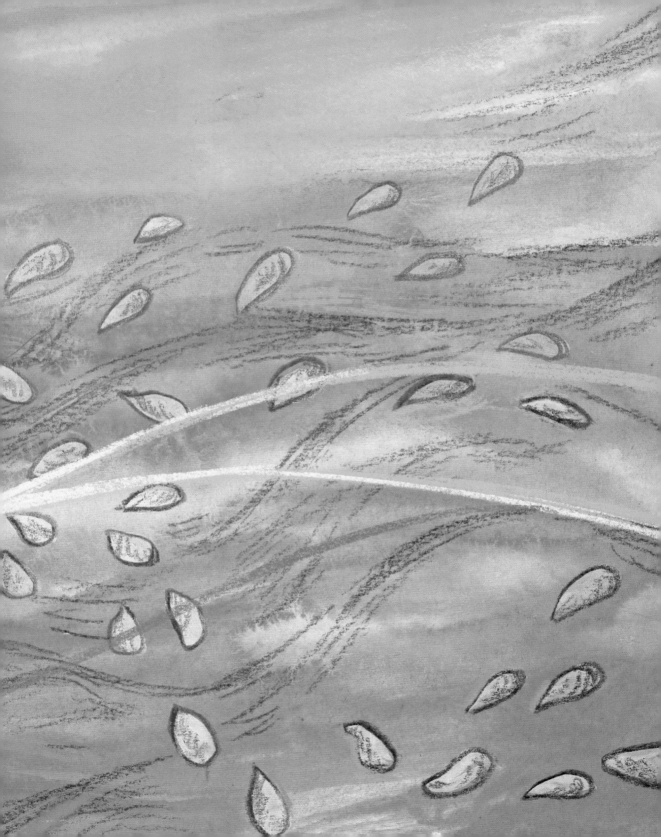

也太奇特了。至少普通人类是没办法听懂水的语言的。总之，故事就是这样，在阿里昂来到这个世界上，教会水唱歌以前，水就像天空一样寂静。"

"但并不是阿里昂把天空放进水里的，"老克莱茨曼说，"那都是之后的事情了，是我爸爸生活的那个年代。上帝保佑他。那是呱呱呱克斯做的，他这么做完全出于爱意。"

"这又是怎么回事呢？"泽林卡问。

"是这样的，呱呱呱克斯恋爱了。他见到了呱呱孔卡公主，立刻就对她一见钟情了。呱呱孔卡公主是一个美丽的女人。她长得像黄色的小青蛙，有可爱的小肚皮，修长的腿，还有一张小青蛙一样的、总是微笑着的嘴巴。她总是潮湿冰冷的，简直是最美的水精灵。"

"后来发生了什么事呢？"泽林卡着急地问。

"唉！你觉得呢？呱呱孔卡公主美丽而且骄傲。她每天都抬着高贵的头，冷冷地说'呱'，这让呱呱呱克斯很受不了。'如果你能让我做你的丈夫，'他对她说，'我愿意给你所有你想要的东西。'于是她说：'既然如此，你就把那蓝色的天空给我拿过来吧。'"

"他是怎么做的呢？"泽林卡接着问。

"他能做什么呢？他独自坐在水里，伤心极了，但也只能发发牢骚。他甚至不想活了，他从水里跳到了空气中，要投空自尽。在他之前可从来没有谁那样做过。"

"他在空气里干了什么呢？"

"他什么都没做。他抬头看了看天空——他头顶就是蓝色的天空。他又低头看了看，发现脚下也是蓝色的天空。这时候他有些犯迷糊了，那时候没有谁知道天空被反射在了水中，所以在水中看到天空的投影时，他兴奋地大声叫了起来。他一激动就掉进了

水里，接着他把呱呱孔卡公主放在自己的背上，带着她跳到了空气中。她看到了水中的天空，开心地发出了尖叫声。她以为是呱呱呱克斯为了她把天空放进了水里。"

"之后呢？"

"这就是故事的结尾了。从那以后他们就幸福地生活在一起，生了很多小蝌蚪。在他们之后，水精灵们总是会从水中爬到岸上，好去看一看他们生活的家到底是什么样的。无论是谁，到了岸上总会像呱呱呱克斯一样，以为真正的天空就在他们的家里——那真正的，蓝色的，美丽的天堂。真是让人无话可说。"

"那么是谁先发现这一点的呢？"

"当然是呱呱呱克斯了。"

"愿他长命百岁。"

这时候，一个路过的人看到了这一幕，他在心里想："今天这群青蛙可真吵呀！"于是，他捡起一块石头扔进池塘里，水花飞溅得很高，然后很快又恢复了平静。所有的水精灵都赶紧跳进了水里。下次集会，他们大概得等到明年了。

强盗的童话

故事发生在很久很久以前，实在是太久了，连老泽林卡，甚至我的曾祖父，都记不清楚那到底是什么时候了。对了；老泽林卡现在已经去世了，但愿上帝保佑他。就是在这个连老人们都想不起来的年代，大坏蛋洛特兰多占领了布伦德山。洛特兰多凶狠极了，更别提他还领导着其他许多坏蛋——二十一个随从、五十个小偷、三十个骗子，二百个帮凶、走私犯和窝赃犯。总之，他身边聚集了许多专门做坏事的人。

洛特兰多常常在马路边等着，只要有人过来就把他们的去路拦住。他常在去波日奇的路上，要不然就是科斯捷列茨，甚至是格罗诺夫。看到有人过来，他就冲着那人大喊，把他的东西全都抢走。对于那被抢的人来说，能够留下一条命就足够幸运了，因为洛特兰多一向残忍，他常常伤害被抢的人，甚至会用枪射击他们，或者把他们吊死在树上。有的商人好好在路上驾驶着马车，或许他心里正在盘算，这次的货物能卖出什么好价钱。等到通过树林的时候，他会有些提心吊胆，因为树林里可能会突然冒出强盗。他大声唱起歌，想给自己打打气，然而往往就是这时，面前就会出现一个"庞然大物"，这个人留着满脸的大胡子，像一颗炮弹一样冲到他的面前，大声喊："要钱还是要命！"商人当然是要保命了，他只好乖乖把自己的钱全都交给强盗。这时，一般的强盗就会心满意足地走了，但洛特兰多和一般强盗有所不同，他还会带走车上一切有价值的东西，牵走商人的马，连他身上穿的衣服都不放过。最后，他会用商人用来抽马的鞭子，使劲儿抽打他，看着他飞快地跑开才满意。总之，正如我所说的，洛特兰多就是这样一个十足的大坏蛋。

这附近只有洛特兰多一个强盗（马尔肖夫也有一个强盗，但他和洛特兰多比起来简直温顺得像一只小白兔），所以他凭着抢劫赚了不少钱。很快，洛特兰多就发了财，他比骑士，甚至是工厂主都富裕。洛特兰多有一个儿子，有一天，这位老强盗对自己说："不管怎么说，我还是得送儿子去上学，就算是花再多钱也没关系，我付得起。我想让他学法语和德语，而且还必须得学得很好。我还想让他学钢琴，学跳舞，做一个高雅的人。虽然我是个强盗，但我的儿子必须成为一个公爵。对，就是这样，就这么决定了。"

下定决心后，洛特兰多就把儿子放到了马背上，带着他一路飞奔到布罗乌莫夫，然后把儿子交给了本笃会修道院的主教。他的态度粗鲁极了，"大师，"他用低沉的声音说，"我就把儿子交给你了。我命令你，教他怎样吃东西，怎样擦鼻涕，怎样跳舞，怎样说法语和德语。总而言之，那些高雅的事情他都得学会。这些是给你的——"他接着说，"辛苦费。各种金币，怎么用也用不完，还有手枪。这些东西足够他在你这里像一个王子一样长大了。"说完这些，他重新爬上马背，一溜烟儿消失了，只留下小洛特兰多。

就这样，小洛特兰多开始了在修道院的生活。他和其他有钱人家的孩子一起，跟着主教学习知识。胖神父斯皮里东教他们说德语，多米尼克神父教他们说法语，阿梅德伊神父教他们怎样才能像一位绅士一样生活，克劳普内尔老师教他们优雅地擦鼻涕。有些孩子擦鼻涕的声音实在是太难听了，不过说实话，老洛特兰多也是用那种粗鲁的方式擦鼻涕的。总而言之，他们学习了成为一位绅士必备的全部条件。当小洛特兰多穿上黑色天鹅绒礼服，竖起高高的领子时，他简直快要忘了自己原本是一个强盗

的儿子。

渐渐地，小洛特兰多成了一个又聪明又绅士的年轻人。这天，他们在进行一项最重要的课程——骑术，一个满脸胡子的随从从马上跳了下来，咚咚地使劲儿敲门。门卫听到这声音，给他开了门。这人进门后，用粗鲁的声音说他是来找小洛特兰多主人的。他现在的主人（也就是老洛特兰多）快要去世了，所以希望自己的儿子可以继承他的事业。小洛特兰多流着眼泪向老师和同学们一一告别，和父亲的随从一起回了家。他不知道父亲留给自己的是什么样的工作，只是在心里默默地祈祷——上帝保佑，一定是一项高雅的工作，能让我礼貌地与人交往。

他们到了布伦德山，随从领着小洛特兰多进了他父亲的卧室。老洛特兰多正躺在床上，他的床是用一堆生兽皮做的，被子是用马毛做的。他躺在那里，看起来虚弱极了。

"你这家伙来了，文采克，"老洛特兰多喘着粗气说，"你把那孩子带来了吗？"

"亲爱的父亲，"小洛特兰多缓缓地跪下来，对父亲说，"上帝保佑，您一生为身边的人带来了无尽的欢乐，为您的子孙后代留下了崇高的荣耀。"

"慢着，孩子，"老洛特兰多的精神恢复了一点儿，又用自己那强盗的语气说，"我今天是要下地狱的，所以没什么时间在这里废话。我以前总想给你留下一大笔财产，供你吃喝不愁地过一辈子，但真是见了鬼，这几年的生意越来越难做。"

"哦！父亲，原谅我对您的辛苦毫不知情。"

"唉！"老洛特兰多说，"我得了风湿病。你知道，得了这种病就很难再出远门了，但那些该死的商人不知道怎么就学会了绕路，我更难跟上他们了。所以说，现在是时候让你接替我的工作了。"

"亲爱的父亲，"年轻的绅士小洛特兰多开口说，"请您放心，我会把您的愿望当作这世界上最重要的事情。我一定会完成您的心愿，而且我会带着荣耀，带着善意去完成这项工作。"

"但善良的人是没办法干这一行的，"老强盗洛特兰多咕哝着说，"干这一行时，还得去和人搏斗，我从不向人表达善意，善意在这里是行不通的。"

"敢问您的职业是什么呢，父亲？"

"强盗。"老洛特兰多说完，就闭上了双眼。

小洛特兰多就这样失去了自己的父亲。与此同时，他的灵魂陷入了挣扎。这种挣扎一半来自父亲的去世对他的打击，另一半来自他已经做出的要当强盗的承诺的压力。

三天后，随从文采克说他们已经没东西吃了，必须得抢点东西来才行。

"亲爱的文采克先生，"小洛特兰多轻声说，"我们真的必须这么做吗？"

"那当然了，"文采克想当然地说，"你父亲已经去世了，没人会继续养你，你必须学会自己养活自己。"

就这样，小洛特兰多拿了一把枪，骑上马，就上了路。我想，他大概走的是巴特内维策附近的那条路。他藏在路边，等着过路的商人，准备抢劫。几个小时后，一个麻布商出现在了马路上，他要去特鲁特诺夫做生意。

小洛特兰多来到马路中间，摘下帽子朝对方示意。麻布商看到面前的这位绅士，丝毫不知道该做什么才好，于是，他也摘下了自己的帽子，对小洛特兰多说："您好呀，先生。"

小洛特兰多走近了几步，抬高了自己的帽子，微笑着说："真是不好意思，但愿我没有打扰到您。"

"哦天哪！您并没有。"麻布商说，"有什么能为您效劳的吗？"

"先生，我诚挚地请求您，"小洛特兰多接着说，"请求您不要被我接下来的话吓到。事实上，我是个强盗。我是来自布伦德山的小洛特兰多。"

麻布商丝毫没有被吓到，他说："噢，你好呀，你好呀！原来你是同行，事实上我也是个强盗。我是科斯捷列茨的嗜血鬼切佩尔卡。你肯定听说过我，我说得对吗？"

"很遗憾，我并没有听过您的大名。"小洛特兰多向对方道歉，尴尬地说，"先生，作为您的同行，我必须得说，今天是我第一次抢劫。事实上，我刚从父亲那里继承了这个工作。"

"哦，原来是这样。"切佩尔卡说，"你父亲是布伦德山的老洛特兰多，是吗？他可是个有名的强盗，有名极了。说真的，我很佩服他，但是你难道不知道我和你父亲是好朋友吗？前几天我们还见了一面，我记得他跟我说：'我告诉你，切佩尔卡，我们既是邻居又是同行，我们来分一下领地，从科斯捷列茨到特鲁特诺夫的路归你，只有你才能在这条路上抢劫。'他是这么说的，说完还跟我击掌了，你不知道这件事吗？"

"噢，我真是跟您道歉一千次都不够。"小洛特兰多非常礼貌地说，"我真的不知道这是您的领地，真是抱歉我占了您的地盘。"

"好吧，这次就算了吧。"切佩尔卡笑着说，"不过你父亲还说了：'我告诉你，切佩尔卡，要是你在自己的地盘上看见我或者是我的人，你有权把他们的手枪、帽子、衣服，全都拿走，这样才能给不守规则的人一个教训。'你父亲是这样说的，说完还和我握了握手。"

"既然如此，"小洛特兰多说，"我请您一定要收下我的手枪和这顶带鸵鸟毛的帽子，还有这件天鹅绒的上衣。您一定要收下这些，它们代表了我的歉意。"

"好的，好的。"切佩尔卡说，"那就把它们交到我手上来吧，我原谅你了，但你可别再让我在这条路上看到你。赶紧走吧，孩子。上帝保佑你，小洛特兰多先生。"

"上帝与您同在，尊敬的绅士。"小洛特兰多大声地说。他目送麻布商驾着马车走远，然后回到了布伦德山。他不仅空手而归，甚至连自己的衣服都给了别人，因此被文采克狠狠地批评了一番。文采克让他抢劫明天遇到的第一个人，还要亲手杀掉那个人。

第二天早上，小洛特兰多拿着长剑坐在通往兹贝奇尼克的路上。过了一会儿，一个马车夫赶着一辆满载货物的马车朝他走来。

小洛特兰多站出来，大声朝车夫喊："对不起先生，但你必须把身上所有值钱的东西都交出来。麻烦你快点做好被我杀掉的准备，如果你要祷告，就赶紧开始吧。"

马车夫害怕极了，他双膝下跪，赶紧开始祈祷，拼命地想怎样才能逃走。他默念了两段祷文，但还是想不出脱身的办法。直到

第十段、第二十段，他还是一无所获。

"先生，"小洛特兰多咳嗽了一声，他开始用一种威胁的语气说，"你准备好被我杀掉了吗？"

"还没有，还没有呀！"马车夫害怕地说，他说话的时候牙齿都在打颤。"我是个罪人，但我已经十年没去过教堂了。我随意许诺，我亵渎神灵，我的罪责实在是太深了。如果我能去波利策好好赎罪，或许上帝能够宽恕我的罪责，不至于将我打入地狱。我跟您说，就让我这么做吧，我会尽快从波利策回来，到时候您再杀我也不迟啊！"

"好吧，"小洛特兰多同意了，"但你得把马车留在这里，我会在车上等你。"

"好的，好的。"车夫说，"但您能行行好，把您的马借给我吗？这样我能走得快一点。"

好心的小洛特兰多于是把马给了车夫，那人骑上马赶紧朝波利策去了。小洛特兰多呢，则在原地帮车夫照看他的马车。

但车夫才不会真去波利策祷告，他骑着马去了最近的酒吧，跟里面的人说路上有个强盗等着他。他喝了不少酒壮胆，然后找了三个帮手，一起往回走了。他们四个人狠狠地揍了小洛特兰多一顿，把他赶进了树林里。小洛特兰多这次回去又是两手空空，而且还失去了自己的马。

小洛特兰多第三次拦路抢劫时，选了去纳霍德的路。他期待这次会有好运气。他遇到了一个小马车，马车上有一个小篷子。马车上装满了姜饼蛋糕，准备运到纳霍德的集市上去。这次，小洛特兰多站出来，大声喊："我是抢劫的！车上的人，把你的东西交出来！"这话是大胡子文采克教他的。赶车的人停了下来，紧紧地抓着车篷，对车里的人说："听我说，姑娘，外面这位绅士说他要抢劫我们。"

车篷的帘子被拉开了，一位身材肥胖的老奶奶从里面慢慢地走了出来，她敞开双手，冲着小洛特兰多大声说："你这个坏蛋！你这个骗子！你这个罪人！你为什么要把我们这样的好人拦下来呢？"

"抱歉，女士。"小洛特兰多小声说，他被老奶奶的话吓到了，"我不知道车里还有位女士。"

"当然有了！"这位老奶奶接着说，"还是一位淑女！而你，你这个坏蛋！你这个食人魔！你这个杀人犯！"

"我再次向您道歉，我不是有意要吓到您的，女士。"小洛特兰多尴尬极了，他的脸都涨红了。"请您原谅我，我向您道歉，我——"

"浑蛋，赶紧滚开吧！"老奶奶大声地说，"要不然我非要骂死你不可！"

小洛特兰多不想再继续被骂了，于是赶紧离开了。他一路走到了布伦德山，但还是仿佛能从风里听到老奶奶咒骂的声音。

总而言之，事情就这么发生了。

我们的这位新手强盗又来到拉蒂博日策附近。他遇到了一辆镶着金子的车，于是，就打定主意要抢劫这辆车，但公主正坐在车上，他看到公主美丽的脸庞，一下子就爱上了她。他上前向公主打招呼，公主送给了他一块喷过香水的手帕，这就是他那

天全部的收获了——他再一次让随从失望了。

后来有一次，他又来到了苏霍夫日策附近，有一个屠夫正带着牛去乌皮策的屠宰场。那位屠夫哀求他，说这是他给十二个孤儿准备的食物。他边说边流眼泪，任何人看到了都会同情他。小洛特兰多也不例外地流下了眼泪，他放走了屠夫，让他带着牛走了，不仅如此，他还给了屠夫十二枚金币，让他给孩子们带回去。好心的小洛特兰多当然想不到，那位屠夫其实根本就没有家人，他连一只猫咪都懒得养，更别提养十二个孩子了。

事到如今，或许你也已经发现了，当小洛特兰多想要抢劫别人时，总会有什么事情牵动他的同情心，让他不得不拿出善意来，所以最终他什么也没抢到，反而还把自己的东西全都送给了别人。

这样一来，他的事业当然是失败了。他的随从们（包括文采克）都抛弃了他，开始从事其他本分的工作。文采克去了格罗诺夫的一个磨坊工作，这家磨坊在一座教堂附近。年轻的小洛特兰多被一个人留在了布伦德山。他没有东西吃，也不知道该做什么工作。最后，他想起来了小时候那家修道院里的老师们，他们曾经给过他无穷的爱。想到这里，他立刻动身回到了修道院，想从老师那里寻求建议。他找到了修道院的院长，在他面前跪了下来，把自己这些年的经历一五一十地告诉了院长。他说到自己在父亲面前发誓要继承他的职业，但却不能狠下心去抢劫别人，更别提去杀人了。他告诉院长，自己根本不知道该做什么。老院长一边听着他说的话，一边吸着鼻烟，每吸一次都会陷入深深的沉思。最后，老院长对他说："孩子啊！我教过你去做一个有礼貌、温和的人，所以你坚决不能再当强盗了，这是一项深重的罪孽，更何况你并不适合

做这个，但你也不能违背和父亲的约定，你要继续去路上拦下过往的行人，但不要去抢劫他们，而是应该在路上建一个收费站，凡是过往的车辆都要交两克朗才能通过。这样一来，你既能完成和父亲的约定，又能做一个礼貌的人。"

于是，老院长给特鲁特诺夫的区长写了一封信，说小洛特兰多是一位值得托付的年轻人，推荐他去做收费站的管理员。小洛特兰多拿着老院长写的信，出发前往特鲁特诺夫区长的办公室，成功得到一份在通往扎列西耶的路上做收费员的工作。就这样，这位心地善良的强盗开始了在收费站的工作，所有过往的车辆见了他都得停下，还要按规定向他交两克朗。

多年以后，老院长要去乌皮策拜访一位牧师。在这场会面以前，他更期待的是去扎列西耶的收费站见见小洛特兰多，看看他过得怎么样。他来到了收费站，一个闷闷不乐的男人走到了他的车旁——这个人正是小洛特兰多——他嘴里嘟囔了几句话，然后朝车里伸出了手。

老院长连忙在兜里找自己的钱包。他身材有些胖，所以不得不斜过身子才能摸到裤子上的兜，因此就多花了点儿时间。

正在这时，小洛特兰多板着脸说道："行了，你还是走吧。收你两克朗却要花我这么长时间，真是倒霉。"

老院长翻遍了自己的钱包，说："但我没有零钱，你能找开六克朗吗，亲爱的伙伴？"

"见鬼！"小洛特兰多咒骂着，说，"不带零钱为什么要出门？要不然给我两克朗，要不然你今天就别想从这里过去！"

"小洛特兰多啊，小洛特兰多，"老院长生气地说，"你难道没有认出我吗？你以前从我这里学的礼貌都丢到哪里去了？"

小洛特兰多吃了一惊，他才认出眼前的人是谁。他嘴里嘟囔着："干我这一行的人，哪有谁不暴躁呢？"又打起精神说："别怪我脾气差。"

"你说得也对。"老院长说。

"所以啊，"小洛特兰多发着牢骚说，"现在，你该去哪儿就去哪儿吧。"

关于有礼貌的劫匪的故事，讲到这里就结束了。或许他已经去世了，或许你还能在其他地方碰到他的后代。认出他们并不难，因为他们总是平白无故朝别人发脾气。要记住，这样做是不对的。

流浪汉的童话

很久很久以前，有一个流浪汉。他的大名叫弗朗蒂歇克·国王，但只有在他犯了罪被抓进警察局的时候，才会被叫这个名字。这个名字已经出现在警察局的本子上很多次了，他常常因为在街上闲逛被带进警察局，然后不得不在警察局里的草席上睡一晚，第二天又被放走了。

除警察外，没人会叫他的真名，而是用各式各样的绰号叫他，如"流浪汉""游荡者""闲人""懒汉""废物"……要是别人每给他起一个绰号就给他一分钱，他现在早就能给自己买一身体面的衣服了，但他什么都买不起，所有的东西都是别人施舍的。

显然，大家并不是很尊敬弗朗蒂歇克·国王。事实上，他确实不怎么值得人们尊敬。他仿佛是从上帝那里偷来了时间（上帝活在永恒的时间里，所以并不会因此损失

自己的时间），每天游手好闲，最重要的事情无非给自己讨一顿饭吃。

他是怎么讨饭的呢？

早上一起床，他连一口水都喝不到；到了中午还没有吃东西；直到晚上，他才勉强找到几根火柴剔剔牙齿来解馋；夜深人静的时候，他的肚子饿得咕咕叫，周围的人全都能听到这种声音。这就是他讨饭的声音。肚子咕咕叫的声音总能引起别人的同情，所以他总能讨到一顿晚饭吃。对此，弗朗蒂歇克·国王感到非常满意，他觉得自己肚子里发出的声音简直像音乐一样美妙，而他本人就像是音乐家。

不过，他只是一个可怜的乞讨者而已，连一点儿肉都吃不到。别人给他什么，他就只能吃什么。要是别人用脏话骂他，他也忍着，因为实在是太饿了，没有精力去生气。实在没有东西吃的时候，他就跑到黑暗的角落里躺下，对着星星祈祷不要有人来给他增加更多的麻烦。

像弗朗蒂歇克·国王这样的人，总懂得很多稀奇古怪的知识。比如，他知道在哪儿能找到食物，在哪儿会被人欺负，哪儿的恶狗比警察还要多。对了，有一次，弗朗蒂歇克·国王就遇到了一只狗——让我想想，它的名字叫什么来着？哦对了，小狐！可惜的是，小狐现在已经去见上帝了。这只叫小狐的狗以前在一个城堡守门，它性格古怪，只要看到有流浪汉经过，就兴奋地大叫，还会围着人家跳舞，带他们直接进到城堡的厨房里去，但要是它看到大人物来，比如说公爵或是主教，却会愤怒地大叫，好像非要和对方打一架不可，吓得主人只好赶紧把它关进笼子里。由此可见，狗也是天生就有个性的。

孩子们，你们知道狗为什么会摇尾巴吗？让我来告诉你们吧。上帝创造完所有动物的时候，就一个一个地检查，出于好心，他总会问问这些动物对自己满意不满意，是不是还需要其他东西。他来到第一只狗的面前，问它有没有什么想要的东西。狗连忙摇了摇头，它的本意是想要感谢上帝给它的一切，自己并没有更多想要的了，但就在它摇头的时候，突然闻到了一种奇特的味道，并且一下子就被吸引住了（我敢打赌那是世界上第一块骨头的味道或者是世界上第一片香肠的味道，不管是什么，都一定还冒着热气，因为上帝才刚刚把它们做好），于是，本来想摇头的它却急切地摇了摇尾巴。从此以后，狗就学会了摇尾巴，而其他动物，比如，马和牛，却只会轻轻点头。猪是唯一一种不会摇尾巴也不会点头的动物，这是因为当上帝问它对这个世界是否满意的时候，它没有理睬，而是继续用自己的鼻子在地上找橡果吃。它不耐烦地甩了甩自己的小尾巴，表示着："麻烦你等会儿再问我，我现在正忙着呢。"作为对这种不礼貌的惩罚，至今人们都会用芥末或者小萝卜当作配菜吃猪尾巴，而猪被宰前总要经历一次额外的痛苦。

这不是今天故事的重点，我要向你们讲述的是这个叫弗朗蒂歇克·国王的流浪汉的故事。

这个流浪汉就这么在全世界到处游荡，他去过特鲁特诺夫，还去过克拉洛夫-格拉德策、斯卡利策，甚至连沃多洛夫和马尔绍夫这样遥远的城镇都去过。他在日尔诺夫策的时候，在我爷爷那里工作过一段时间，但你知道，流浪汉总归是流浪汉，他工作了一段时间就又带着行李走了。我听说他去了斯塔尔科奇，或者其他更远的地方。总之，从那以后，我们就没再见过他了，他总是在流浪。

前面说到人们总是给弗朗蒂歇克·国王起绰号，有时候人们甚至会叫他"小偷""骗子""流氓"，但这确实是过分了，毕竟弗朗蒂歇克·国王从来没做过见不得人的事情。他没偷过东西，甚至从没向别人借过东西。我敢保证，他从没欠过别人任何东西。正因为他是一个诚实的人，所以最终为自己挣来了很大的荣誉，而这就是我今天想要告诉你的故事。

有一次，弗朗蒂歇克正站在通往波德梅斯捷奇卡的路边，他当时或许正在想，今天是应该去维切克那里讨几片面包吃，还是应该去普罗乌兹老先生那里讨一个羊角面包好。当他正在这么想的时候，一位风度翩翩的绅士从他面前走了过去——这位绅士或许是位外国制造商，或许是在进行商务旅行，弗朗蒂歇克看到他手里提了一只随身行李箱。突然一阵风吹过，绅士的帽子被吹掉到了地上，沿着马路一溜烟滚走了。

　　"你好，帮我拿一会儿箱子，"他还没说完话，就把皮箱扔给了弗朗蒂歇克，弗朗蒂歇克还没反应过来，那人就已经追着自己的帽子跑开了。

　　事已至此，弗朗蒂歇克·国王只好拿着箱子站在原地，等那位绅士回来找他。他先是等了半个小时，又等了一个小时，那个人始终没有回来。弗朗蒂歇克很想去讨面包吃，但却又不敢离开，万一那个人回来的时候找不着他该怎么办呢？他只好继续等。他等了两个小时，三个小时，他等啊等啊，直到他的肚子饿得咕咕叫。天黑了，那位绅士还是没有回来。天上挂满了星星，路上的人都回家睡觉了，弗朗蒂歇克好像能听到人们躺在舒服柔软的大床上轻轻打呼噜的声音了。但他不能睡觉，只能在原地等着。他无聊极了，只好抬头数天上的星星。

　　午夜时分，弗朗蒂歇克的背后响起了刺耳的声音："你一个人在这儿干什么？"

　　他只好说："我在等一位奇怪的绅士回来。"

　　"你手里拿的是什么？"刺耳的声音接着问。

　　弗朗蒂歇克解释道："这是那位绅士的箱子，是他让我帮他拿着的。"

　　"你说的这个人到底是谁？"刺耳的声音又提出了第三个问题。

　　弗朗蒂歇克说："他追帽子去了。"

　　"嚯！"难听的声音接着说，"我可觉得事情没这么简单，你得跟我走一趟。"

　　"但我不能，"弗朗蒂歇克抱歉地说，"我必须得在这儿等他回来才行。"

"那我只好逮捕你了。"对方提高了声调，说话的时候就好像天空在打雷。这声音让弗朗蒂歇克认出，说话的是博乌拉警官。

他只好跟着警官走了。弗朗蒂歇克挠了挠头，叹了叹气，跟着博乌拉警官去了警察局。警察登记了他的名字，然后就把他关进了牢房，今晚弗朗蒂歇克又得在牢房里睡了。那只箱子也被警察锁了起来，等第二天警察局长来了才能打开。

第二天一早，警察把弗朗蒂歇克带到了警察局局长面前。这下故事更加有趣了。

"你这个大懒虫！"警察局局长说："才过去了多久，你就又被关进来了？你难道不记得你上次来这里还是这个月的事情吗？天哪，我真是不知道该说什么！告诉我，你这次又是因为在街上闲逛被抓进来的吗？"

弗朗蒂歇克赶紧说："不是的，先生。博乌拉警官逮捕我，是因为我在一个地方站了太长时间。"

"我才不信你的话，骗子。"警察局

局长说，"你倒是说说你为什么要一直站着？你要是不一直傻站着，他们才不会抓你。我听说你还带了一个皮箱，是这样吗？"

"我得向您解释，先生。这个箱子并不是我的，是一个陌生的先生把它交给我的。"弗朗蒂歇克说。

"嚯！"警察局局长哼了一声，说，"又是一位陌生的先生。你觉得我第一次听人这样说吗？小偷总说自己的东西是一位陌生的先生送给他的。我的朋友，你可骗不了我。说吧，箱子里是什么？"

"我对天发誓，我根本不知道箱子里是什么。"弗朗蒂歇克说。

"你这个小偷，小偷！"警察局局长生气地说，"你不说的话，我们就亲自打开箱子看看。"

警察局局长打开箱子一看，吃了一惊，满满一皮箱都是钱。他仔细数了数，那里面一共有一百三十六万七千五百十五元九角二分。除此以外，皮箱里还有一支牙刷。

"我的天！你在哪儿得到这么多钱的？"警察局局长问。

"请听我解释，先生。"弗朗蒂歇克·国王几乎是用恳求的语气说，"那位陌生的先生把箱子交给了我，说让我帮他拿着，然后他就去追自己的帽子了。"

"你不仅是个小偷，还是个骗子！"警察局局长生气地说，"你以为我会相信你说的话，是吗？你错了，我可不信谁会放心把一百三十六万七千五百十五元九角二分，还有一支牙刷，全部交到你的手里！你可别想逃脱，放心，我们会很快找出你是从哪儿偷了这些钱的。"

就这样，弗朗蒂歇克·国王这次在监狱里待了很久。他在监狱里被关了整个冬天，接着又在监狱里度过了整个春天，但到头来还是没人来警察局认领那个"被偷的"箱子，于是，警察局局长，还有博乌拉警官，开始怀疑弗朗蒂歇克·国王，这个既没有工作也没有家，甚至还被逮捕过好几次的流浪汉，其实早就杀掉了箱子的主人，抢走了他的钱，并且把他的尸体藏到了某个地方。所以，被关了整整一年零一天以后，弗朗蒂歇克·国王在法庭上被判谋杀一位陌生人，并且抢劫了一百三十六万七千五百十五元九角二分和一支牙刷。老天，这就意味着——他要上断头台了。

"你这个骗子，杀人犯，大无赖！"法官大声咒骂着弗朗蒂歇克·国王，"你最好赶紧告诉我们，你在哪儿杀了人，又把尸体藏到了哪儿！现在坦白的话我会让你死得痛快些。"

"但是先生，我真的没有杀人！"弗朗蒂歇克·国王快要哭出来了，"他真的是去追帽子了，他一溜烟儿就跑远了，是他把箱子留在我这里的。"

"既然这样，"法官叹了叹气，对弗朗蒂歇克·国王说，"既然你不配合，我们就只好吊死你了。博乌拉警官，请把这个人吊起来吧，就让他到上帝那里赎罪吧！"

话音刚落，法庭的门被人砰的一声猛地推开了。

弗朗蒂歇克·国王一直说的那位先生上气不接下气地跑了进来，全身都沾满了灰土，喘着气说："我追上它了！我追上它了！"

"你追上什么了？"法官板着脸问他。

"我的帽子！"他说，"天哪，真是太不容易了！我当时正在车站附近，突然刮起一阵风，把我的帽子吹跑了。我把箱子扔给了一个人，但我当时太着急，没来得及看他长什么样，就赶紧跑去追帽子了。我的帽子飞得可太远了，先是飞过了一座桥，到了塞赫洛夫，接着又飞到了扎列西耶，飞到了尔台尼亚，又飞过大山到了纳霍德，一直飞到了边境。我在后面追呀追呀，有一次我差点儿就追到了，但要到那边去必须办护照，耽误了一会儿。那里的人问我为什么要办护照，我说我要去追帽子，还没等我解释完，我的帽子又飞到了胡多巴。我休息了一晚上，结果第二天我的帽子已经飞到了其他国家。"

"我说，"法官说，"现在是在法庭上，没人想听你说这么多废话。"

"好的，我尽快跟您解释清楚。"他接着说，"在那里，我听说我的帽子喝了一杯水，然后喝醉了，它买了一根拐杖，就坐火车去思维德尼克了，我赶紧追上了它。在思维德尼克，这个调皮的小家伙住在一家酒店，它连账单都没付，就又跑去别的地方了。我调查了很久，最后发现它停在了克拉科夫。在那里，它准备和一个寡妇结婚。我就又去克拉科夫找它。"

"你为什么这么执着地要追上它呢？"法官问。

"是这样的，"他说，"这是一顶新帽子，帽子的丝带下面还放着我回斯塔尔科奇的车票呢。我可不能失去我的车票，要不然我怎么回家呢？你说是吧，先生。"

"哈，你说的也有道理。"警察局局长说。

"我只能说，"追帽子的绅士接着说，"我坚决不想再买一张票，绝不买。"

"我刚才说到哪里了？哦对了，我去了克拉科夫。刚到那里，我的帽子——那顶调皮的帽子，就又跑了。它伪装成一名外交官，乘飞机头等舱去了华沙。"

"这可是欺诈。"局长说。

"所以我就举报了它。警察从柏林发了一份电报，让华沙的警察逮捕它，但那时刚好是冬天，我的帽子给自己买了一件皮草大衣，还留了长长的胡子，没人认得出来它。它又跑到了莫斯科去了。"

"它去莫斯科干什么？"警察局局长问。

"嗨！你猜？"

他接着说："这顶狡猾的帽子伪装成了政客。后来，它还做了记者。它一心想掌

控政府，后来被俄罗斯的警察及时逮捕了。他们要枪毙它。可就在它被送去枪决的时候，起了一阵风，它就顺着这阵风又飞走了。它穿过士兵们，飞过俄罗斯的大平原，一直飞到了伏尔加河河畔的下诺夫哥罗德。它给自己头顶装饰了一层皮毛，做了塔塔尔人的首领。我一路追着它，最后终于找到了它。结果，它居然命令手下朝我开枪。"

"后来怎么样了呢？"法官赶紧问，他似乎被这个故事迷住了。

"唉！你想知道发生了什么？我跟他们说，我根本不怕塔塔尔人，我吃饭时还要用塔塔尔酱呢。我想问问，法官，您吃饭时会用塔塔尔酱吗？"

"那当然了，我总用的。"法官说，"一般吃鲷鱼的时候用，或者多宝鱼、鲽鱼，有时我就是想尝尝塔塔尔酱的味道。"

"塔塔尔酱确实非常美味，但我并不是很喜欢。我跟他们说，有时候我吃得满嘴都是塔塔尔酱，甚至吃得太多觉得恶心。这话把他们吓得不轻，赶紧放我走了。不过我的帽子——这顶坏透了的帽子，却跳上马跑了。我当然还得追上它。它在奥伦堡上了火车，朝鄂木斯克去了。我追着它穿过了整个西伯利亚，结果在伊尔库茨克把它跟丢了。我听说它在那里发了财，却被劫匪打劫了，最后倾家荡产，只留下了一条命。我在布拉戈维申斯克的大街上碰到了它，结果它却像一条鳗鱼一样从我手中滑走了。它一路跑过了中国，一直到了日本海。它怕水，所以无路可逃了。我终于在海边拦住了它。"

"这一切终于结束了。"法官说。

"并没有。我在沙滩上追它，突然风向变了，它又朝着西边飞走了。就这样，我又跟着它跑过了中国和波斯。我有时跑着追它，有时坐轿子，有时骑马或者骑骆驼。最后它在塔什干上了火车，又回奥伦堡去了。从那以后，我又跟着它去了哈尔科夫、基辅，接着又穿过波兰和德国以及其他很多国家和地区，最后我们回到了这里。五分钟前我刚抓住它，就在广场上，当时它正准备喝一杯水，我赶紧抓住了它。您看，它就在这里。"

说到这里，他挥了挥手中的帽子，这帽子已经破得不像样了，要是他不说，别人根本看不出这是一顶帽子。

"现在让我们来看看，"他说，"我到斯塔尔科奇的返程票还在不在帽子里。"他在帽檐上摸了摸，找到了票。"嘿，还在这里！"他开心地大喊，"我终于可以回去了，而且不用花钱再买一张票。"

听到他这样说，法官连忙告诉他："亲爱的朋友啊，但是，你的票已经过期了呀。"

"怎么会呢？"

"是这样的，返程票都是有期限的，一般只在几个月内有效。我看看你这张，好吧，已经买了一年零一天了。你看，这张票早就过期了。"

"我可真是太倒霉了，"绅士说，"我可从来没想到这一点。我想我是该重新买一张票了，但你看，我现在连一克朗也拿不出来了。"

他挠了挠头，又说："不对，我记得我去追帽子以前，让一个人帮我拿着行李箱来着，我的行李箱里还有钱。"

"你的行李箱里有多少钱？"法官急切地问。

"如果我没记错，"他说，"里面有一百三十六万七千五百十五元九角二分，还有一支牙刷。"

"一分钱都不差，"法官说，"你装钱的行李箱就在我们这里，连牙刷都没丢。那里站着的就是帮你拿箱子的人，他叫弗朗蒂歇克·国王。我们刚刚把他判了死刑，因为我们以为他抢了你的钱还谋杀了你。"

"什么？这是真的吗？你们居然因为这个抓了那个可怜的人？哎呀，哎呀，他是绝不可能干出这种事的呀！"

故事发展到这里，法官从座位上站起来，严肃地在法庭上说："现在，我已经能够确认，弗朗蒂歇克·国王并没有偷窃或是盗取箱子里的任何东西。鉴于这个事实，我宣布弗朗蒂歇克·国王之前的罪状全部不成立。不仅如此，我还能够确认弗朗蒂歇克·国王之前说的都是真的，他确实在帮这位先生保管行李箱里面的东西，并且一直在等着箱子的主人返回。我现在宣判弗朗蒂歇克·国王的死刑被解除。天哪！

我是不是说的太多了，这位朋友？"

"确实。"绅士说，"但我认为，我们现在都应该听听这位诚实守信的流浪汉本人，有什么想对大家说的话。"

"我不知道该说什么。"弗朗蒂歇克·国王诚恳地说，"我这辈子从来没有偷过别人的东西啊，我发誓，我天生如此。"

"现在，我的好朋友。"绅士走到了弗朗蒂歇克·国王身边，"虽然你看起来和其他的流浪汉一模一样，但事实上你和他们完全不一样。如果把流浪汉都比作乌鸦，你就是一只白色乌鸦。"

"我同意。"博乌拉警官说，"我想你大概也注意到了，博乌拉警官已经很久没有说过话了呢。"

于是，弗朗蒂歇克·国王又恢复了自由。不仅如此，因为他的诚实守信，那位绅士还给了他一大笔钱来表示感谢。这些钱足够他给自己买一栋大房子，并且再也不用为吃穿发愁了，但那天他穿了一条破裤子，所有的钱都从兜里掉了出去，他又成了一个穷光蛋。

弗朗蒂歇克·国王在路上走着，他不知道自己要去哪里，走到半路他的肚子又开始咕咕叫了。他又想起来那位绅士说的白色的乌鸦的事情。

到了晚上，他在田野旁的一间草房子里睡着了，他好久没睡得这么香过了。

第二天一大早，阳光明媚，露水在阳光下闪闪发光。

弗朗蒂歇克·国王从草房子里爬出来，发现外面居然有一只白色的乌鸦。他简直不敢相信这世界上居然真的有白色的乌鸦，他盯着白乌鸦看，简直忘记了呼吸。它的羽毛白得像雪花，眼睛像宝石一样透亮，还长着一双小小的粉色的腿。白乌鸦用嘴整了整羽毛，它发现弗朗蒂歇克·国王正盯着自己看，吓得想飞走，但又没有飞走。它也对弗朗蒂歇克·国王产生了好奇心，用那宝石般的眼睛盯着弗朗蒂歇克·国王乱糟糟的头发看。

弗朗蒂歇克·国王面前的白色乌鸦突然开了口，说："你，你为什么不像别人一样，一看到我就用石头砸我？"

"不，我不会的。"弗朗蒂歇克·国王连忙说。不过说实话，这只白乌鸦开口说话的时候，他可真被吓了一跳。

他问白乌鸦："你居然会说话，你是怎么做到的？"

"这没什么呀，"白乌鸦说："我们白乌鸦就是会说话。黑色乌鸦只会呱呱叫，但我们可以按照自己的想法说话。"

"既然你这么说，"弗朗蒂歇克·国王说，"你说：'哗啦啦。'"

白乌鸦说："哗啦啦。"

它说的跟弗朗蒂歇克·国王说的一模一样。

"你再说：'轰隆隆。'"弗朗蒂歇克·国王说。

"轰隆隆。"白乌鸦接着说，"现在你信了吧，我们白乌鸦就是会说话。我们可不是一般的乌鸦。一般的乌鸦只能从一数到五，而我们能数到七。听着，一、二、三、四、五、六、七。你能从一数到几呢？"

"嗯，至少能数到二十吧。"

"那你数给我听听呀。"

"好吧，如果你想听的话。十九、二十。有没有东西给我吃？"

"太神奇了！"白乌鸦说，"你真是一个聪明的人，但你知道吗，白乌鸦是这世界上最好的鸟儿。你有没有见过人们在教堂里画的是什么？他们画的是白色的大鸟，有天鹅一样的白羽毛，还有一张人类的嘴巴。"

"我知道了，你说的是天使吧。"弗朗蒂歇克·国王说。

"是的。"白乌鸦说，"但你知道吗？他们其实都是白乌鸦。大家叫他们天使，只是因为很少有人见过白乌鸦罢了。不用我说你也已经知道了吧，我们白乌鸦是很少见的。"

"我要告诉你一件事吧，"弗朗蒂歇克·国王说，"昨天，有人说我也是一只白乌鸦。"

"但是，"白乌鸦有些不确定地说，"你身上没有白羽毛呀，是谁说你是白乌鸦的呀？"

"就在昨天，一位先生这么跟我说的，还有法官和警官博乌拉，他们都这么说呢。"

"我真是想不到！"白乌鸦说，"可你到底是谁呢？"

"我是弗朗蒂歇克·国王。"他有点儿不好意思地回答。

"这么说你是国王了？"白乌鸦说，"你一定是在骗我吧。哪里有国王穿得像你这样破破烂烂的？"

"唉，你知道吗？"弗朗蒂歇克·国王说，"或许我只是一个穷光蛋国王。"

"你是哪个国家的国王呢？"白乌鸦问。

"随便哪里。如果我在这里，我就是这里的国王。如果我到了德比，就是德比的国王。总之我到哪里就是哪里的国王。"

"那如果你到了德国呢？"

"就是德国的国王。"

"到了法国呢？"

"如果我到了法国，就会是法国的国王。"

"这不可能。"白乌鸦说，"你敢发誓吗？"

"我发誓。"弗朗蒂歇克·国王说。

"你说，上帝会为我做证。"白乌鸦说。

"上帝会为我做证。"弗朗蒂歇克·国王说，"如果我说的是假的，就会被立刻处死，就让上帝毫不仁慈地带走我的生命。"

"够了，够了。"白乌鸦赶紧打断了弗朗蒂歇克·国王，说，"如果你到了白乌鸦中间，也会成为我们的国王吗？"

"是的。"他说，"毕竟我是国王。"

"等等，"白乌鸦说，"今天白乌鸦们会在克拉科尔卡举行集会，到时候我们会选出一位国王。既然你说你是白乌鸦，又说你是国王，或许会被选为我们的国王也不一定。听我说，你在这里等我到十二点，到时候我会来告诉你，大家选了谁做国王。"

"好的，我会在这里等你的。"弗朗蒂歇克·国王说。于是，白乌鸦抖了抖翅膀，朝着克拉科尔卡飞去了。

弗朗蒂歇克·国王就这么在原地等着，太阳最晒的时候他也没走开。

孩子们，你们应该也知道，选举总是很复杂的，在克拉科尔卡集会的白乌鸦们就不停地讨论，甚至吵架。所以到了十二点，克拉科尔卡的大钟响了十二下的时候，白乌鸦们还没做好决定，不过最终，它们还是选出了一位国王，而这位国王，不是别人，正是弗朗蒂歇克·国王。

与此同时，弗朗蒂歇克·国王等了很久很久，他的肚子饿极了，所以当十二点一过，他就去找吃的了。他准备去日尔诺夫策，到我爷爷的磨坊那里去找点新鲜的面包吃。所以当白乌鸦飞来找它们的国王的时候，弗朗蒂歇克·国王已经走远了。

白乌鸦们没见到自己的国王，失望极了，于是，它们命令所有的黑乌鸦，就算是找遍全世界，也要把弗朗蒂歇克·国王带回来，让他回到克拉科尔卡的乌鸦王座上去。

从此以后，乌鸦就总是一边飞，一边大喊着："国王，国王！"尤其是在冬天，当它们成群飞过田野、森林的时候，要是突然想起来这件事情，就会一起放声喊着："国王！国王！国王！国王！"

警察的童话

孩子们，不用我说你们也知道，每个警察局到了晚上总有些警察在上班，他们一晚上都不睡，以防发生意外。要是晚上有小偷出没，或者有些坏蛋想做什么坏事，警察总能及时抓住他们。这其中，一些警察在警察局里值班，他们一直在警察局待到天亮才回家睡觉；另一些警察叫作巡逻警察，他们晚上会在街道上巡逻，检查街上有没有看起来像坏蛋的人。要是一个巡逻警察工作累了，就会有另一个来接替他出去巡逻。总之，整个晚上街道上都会有警察巡逻。为了打发晚上的时间，一些警察会一边抽烟，一边和同伴聊聊自己遇到过的稀奇古怪的事情。

有一次，正当他们聊天时，有一个警察巡逻完回到警察局——忘了说，他是哈拉布尔特警官。哈拉布尔特警官走进警察局，然后说："晚上好，朋友们。外面没发生什么事情，但我的脚疼极了。"

"快坐下休息一下吧，"他的长官说，"霍拉兹警官会替你出去巡逻。现在，哈拉布尔特警官，快告诉我们你刚才都遇到了什么吧，你没有碰到小偷或者劫匪？"

"并没有什么特别的事情。"哈拉布尔特警官说，"桥上有两只猫打架，作为一名警察，我当然是在把它们赶跑之前，好好修理了它们一顿。布吉特纳街上有一只小麻雀从二十三号巢上掉了出来，我给消防员打了电话，他们用梯子把它送回了家。小麻雀的父母向我们保证以后不会再这么粗心大意了。我就往回走。上桥的时候，我感觉有什么东西挂住了裤子，低头一看，发现是我们认识的那个精灵。你们知道的，就是住在卡洛瓦花园，长着胡子的那个。"

"是谁？"长官问道，"卡洛瓦花园住着很多精灵呢——波克、圆眼睛、老男人、猫眼、暴脾气，还有管子、帕德霍利克、小偷手、拖沓鬼，还有那个大胖子。"

"就是帕德霍利克挂住了我的裤子，"哈拉布尔特警官说："住在老柳树里的那个。"

"啊！我知道了。"长官说，"伙计们，这个人虽然捣蛋，却有一副好心肠。要是有人在卡洛瓦花园丢了东西，无论是什么，如戒指、皮球、外套，甚至拨浪鼓，帕德霍利克都会把这东西物归原主，他最擅长的就是这个了。好了，你继续说吧。"

"刚才说到帕德霍利克，"哈拉布尔特警官说，"帕德霍利克对我说：'警官，我回不了家了，有一只松鼠钻进了我住的柳树里，现在它不让我进去了。'我把警棍拿了出来，跟着他一起往家走。我严厉地劝阻松鼠，让它不要犯下更严重的错误，趁早从别人家里出来，但那只松鼠却说：'除非太阳从西边出来。'所以我只好脱下外套，爬上了树。我快爬到帕德霍利克家门口的时候，那只松鼠却哭了，它说：'警官，你千万别抓我，我的家被洪水冲走了，除了这里，我没有地方可以去了呀。''别说话。'我跟它说，'把你的东西都打包带好，赶紧离开帕德霍利克先生

的私人住宅。要是你下次再偷偷跑进帕德霍利克先生的家，我就只好叫其他警察来逮捕你了。我们会给你戴上手铐，把你关进警察局里。好了，赶紧走吧。'这就是我遇到的最后一件事了，朋友们。"

"我从来没见过帕德霍利克先生他们，"班巴司警官说，"我只在迪维泽路附近巡逻过，那里都是新盖的楼房，可没有像帕德霍利克他们一样的精灵。"

"我们这一带有不少他们的同类呢，"长官说，"想想吧，在过去甚至有更多。西托科夫斯基沼泽地那里有一个年迈的水精灵。有多老呢？世界刚被创造的时候他就存在了。警察从来没跟他打过交道，他是个非常老实的水精灵。利贝纽斯基的那个水精灵可糟透了，根本不像西托科夫斯基的这个水精灵。我想你们也知道，布拉格市的水务局让他做了水精灵长官，每月还会给他发工资呢。西托科夫斯基的水精灵每月细心照看伏尔塔瓦河，确保它不会发洪水。你们知道的，伏尔塔瓦河的洪水多半是由上游住着的水精灵引起的。"

"利贝纽斯基的水精灵听说西托科夫斯基的水精灵当了官，非常嫉妒。他找到水务局，要求他们给他一个更高的职位，发更多的工资。水务局的人拒绝了他，因为他没有受过高等教育。他生气极了，就搬了家。我听说他现在在多拉久达住着，从那以后利贝纽斯基就没有水精灵了。那里的河水经常上涨，就是因为这个。另外，在卡尔洛沃广场，有一群精灵总是在晚上出来跳舞，这让住在附近的人非常苦恼，于是，警察让他们搬到了斯特洛莫夫卡去，那里有一个煤气工，晚上为他们点起火，早上再熄灭，但在战争时期，那个煤气工加入了军队，就没人为他们点火照明了。住在斯特洛莫夫卡的这十七个精灵就被孤独地留在了那里。后来，他们中有三个加入了合唱团，一个成为电影明星，还有一个和一名铁路工人结了婚。布卢姆茨伯里也有三个精灵，其中有两个经常坐着马车出门，剩下的那个住在巴特西。利格洛维的园丁想在花园里养个精灵，但那些

精灵怎么也不愿意一直住在那里，那里对他们来说也许通风太好了。"

"这里有三百四十六个小矮人，警察和他们很熟。他们分散在城里的大楼里、公园里、教堂里、学校的操场上。私人住宅里还有更多小矮人，只是警察没办法好好统计他们的数量。以前还有许多幽灵，不过现在没有了，因为科学证实世上并没有幽灵。不过城里流传着这样的故事，有人偶尔还是会在老楼里碰到一两个幽灵，这是城市统计办公室里的一个工作人员前几天告诉我的。我知道的就是这些了。"

"我知道在哪儿，有人曾经在奇休科夫的一个仓库里，杀死了一只怪兽，幽灵就是在那里。"克巴兹警官说。

"奇休科夫？"长官说，"我不在那里巡逻，所以没听说过这件事。"

"我在那里巡逻过，"克巴兹警官说，"但是只有我的同事，沃科万警官进了那个仓库，他仔细调查了一遍，然后写了一份报告。一天晚上，一位老奶奶找到了沃科万警官。这位老奶奶是一个非常迷信的人，甚至有些走火入魔。总之，她告诉沃科万警官，一个叫富尔达博德的怪兽抓住了一位公主，把她关在了奇德夫斯基的仓库里。'无论她是不是公主'，沃科万警官说，'我都必须把她带回父母身边去，不管需要付出怎样的代价。'说完，他就带着自己的剑，走进了那个仓库。我想，无论哪个警察，都会像他一样勇往直前。"

"我同意。"班巴斯警官说，"但我在迪维泽、斯特列肖维泽从来没遇到过怪兽。请你继续说吧。"

克巴兹警官继续讲到：

　　　沃科万警官举起了剑，在黑暗中走进了奇德夫斯基的仓库。我发誓，那里真是世界上最黑暗的地方。他走了进去，周围响起了轰隆隆的叫声。他打开了手电筒，看见了一只七头怪兽。怪兽的七个头还在互相说话呢，有时候，他们说着说着就吵起来，吵着吵着就打起来——像那样的怪兽是不可能有好脾气的，他们天生就是暴力的。沃科万警官仔细观察仓库里，发现角落里有一个漂亮的小姑娘。怪兽们的争吵让她害怕极了，她从没听过那么肮脏的话语，吓得止不住地哭泣。

"嘿，那边的怪兽！"沃科万警官严厉而有风度地朝怪兽喊道，"你们到底是谁？你们在市政厅登记过吗？或者有什么其他证明身份的东西吗？"

听了警官的话，七头怪兽大声地嘲笑了他，有几个头朝他扮鬼脸，但沃科万警官没有放弃，他接着说："我是本地的执法警官，今天我的任务就是把你们身后这个女孩带走。"

"闭嘴吧！"第一个头说，"你真是个笨蛋。你知道我是谁吗？我可是大名鼎鼎的怪兽富尔达博德。"

"格拉纳德斯基山的富尔达博德！"第二个头说。

"你也可以叫我们穆尔哈增斯的巨龙。"第三个头说。

"等会儿我会把你当饭后甜点吃掉的。"第四个头说。

"我会把你砸扁，再碾成粉末，我还要把你像鲑鱼一样撕成两半，再把你甩飞。"第五个头说。

"我会把你的脖子扭断。"第六个头说。

"到时候你可死定了，小家伙。"第七个头跟着说。他的声音恐怖极了。

这时候，你们猜沃科万警官有什么反应？他害怕了吗？他一点儿也不害怕！一开始他试着跟怪兽讲道理，但看来这一招行不通了，于是拿起警棍朝怪兽的每个头狠狠砸下去，手下一点儿都没留情。

"我说，"第一个头说，"感觉还不错嘛。"

"有人在我头顶挠痒痒。"第二个头说。

"有一只蚊子咬了我的后脖。"第三个头说。

"亲爱的朋友，"第四个头说，"麻烦再用你的小棍子给我按按摩。"

"再使点劲儿，幅度大一点。"第五个头说。

"往左一点，左边有点痒。"第六个头说。

"这支小棍子根本吓不到我，你没有别的东西了吗？"第七个头说。

听了这些，沃科万警官拔出了自己的剑，狠狠地朝七个头砍了过去

"这次还好点。"

"至少你把我脖子上那只蚊子赶跑了。"

"谢谢你帮我把我那撮不听话的头发剪了。"

"你以后能每天都这样帮我挠挠痒吗？"

"但我没什么感觉呀。"

"亲爱的朋友，"最后一个头说，"再给我挠挠痒吧。"

这时，沃科万警官又拔出了枪，他朝着怪兽连开了七枪。

"嘿！见鬼。"一个头说，"不要往我身上扔沙子，会弄脏我的头发的。真是糟糕！都弄到我的眼

晴里去了！天哪，我的牙缝里也有！你惹到我了！"七个头一起怒吼，他们清了清嗓子，然后各自朝沃科万警官喷火。

沃科万警官还是没有害怕，他拿出了自己的工作手册，查了查一名警察在面对怪兽时应该做什么。在这种情况下他应该请求支援。接着他又查了查在碰到喷火的怪兽时应该怎么办，手册上面写着他应该给消防局打电话。

于是，沃科万警官请求支援，我和另外五个警官一起到了现场。沃科万警官对我们说："兄弟们，我们必须得把那个女孩儿从怪兽手中解救出来。这个怪兽太强大了，我们用的剑对他毫无作用。我仔细观察了一下，怪兽的脖颈非常脆弱，那里应该是他的弱点所在。等会儿当我数到三的时候，你们就冲过去用剑砍他的脖颈，但在这之前，一定要先找消防员来把这怪兽喷的火灭了，要不然我们会被烧死的。"他刚说完，一阵消防车的警笛声响起，七个消防员从车上走下来。

"请多加小心，消防员先生们。"沃科万警官说，"等我数到三的时候，你们就分别朝这七个头上喷水。你们一定要瞄准他们的喉咙，他们就是用喉咙喷火的。现在，准备好了吗？一、二、三！"他刚从一数到三，消防员们就兵分七路，朝着怪兽的头喷水，他们瞄准了怪兽的嘴里，他们的大嘴里正闪着火光。随着一阵滋滋的喷水声，这七个头可不再神气了，他们有的呛了水，有的开始呕吐，有的害怕得开始直喊妈，不停地摇着尾巴。但消防员才不管他们的求饶，他们继续朝着怪兽喷水，直到把怪兽嘴里的火完全浇灭，他们才关了水往回走。这时，七个头纷纷擦着自己的眼睛，嘴里嘟囔着："你们等着吧，坏蛋，你们是逃不掉的。"

这时，沃科万警官赶紧接着又喊："一、二、三！"当他数到三时，七

个头齐齐被我们砍了下来，伤口还朝外喷着水。

"现在，跟我走吧，"沃科万警官对那位公主说，"小心点儿，别弄脏了你的裙子。"

"真是太感谢你了，这位英雄。"被解救的公主说，"谢谢你把我从怪兽这里解救出来。前几天我正在御花园里玩游戏，这只怪兽飞过来，就把我抓到了这里。"

沃科万警官问，"你们是从哪个方向飞来的呢？"

谁说："我被怪兽抓着，一路飞过了阿尔及利亚、马耳他、伊斯坦布尔、贝尔格莱德、维也纳、布拉格，最后到了这里。一共飞了三十二个小时十七分钟五秒，这期间他甚至没停下休息过。这只怪兽简直比飞机飞得还远！"

沃科万警官说："还好你平安无事，公主，但我们没办法送你回那么远的地方，我只好给你的父亲写一封信，让他派人来接你。"

沃科万警官刚说完这句话，突然有一辆车一个急刹车，停在了他们面前。从车上走下来一个人，他不是别人，正是国王。国王头戴着皇冠，穿着缀满宝石的华服，身上还披了一条带花纹的毯子。国王一下车就激动地跳着，他大喊着说："亲爱的女儿，我终于找到你了！"

"请稍等，这位先生。"沃科万警官打断了国王，他说，"你的车刚才超速了，你需要按照规定支付罚款，一共是七克朗。"

国王在兜里找来找去，嘴里念叨着："奇怪，我的记性真是越来越差了，我记得我出门的时候带了很多钱呀，现在怎么全都不见了？糟糕，一定是在路上全花掉了，一路过来的油费可不少呢。这样吧，这位勇敢的骑士，我会让我的助手帮我把罚金寄来的。"国王清了清嗓子，把手放到了

胸前，然后对沃科万警官说："这位穿着制服的先生，我想你一定不是一个普通人，你一定是一位战士或者王子，至少也是一位公务人员。你帮我救出了我的宝贝女儿，我一定要好好报答你，我想把公主嫁给你，但看到你手上已经戴了一枚戒指，我想你一定已经结婚了，或许你已经有孩子了，对吗？"

"您猜对了。"沃科万警官说，"我有一个三岁的儿子，还有一个刚出生的女儿。"

"请为他们带去我的祝福。"国王说，"我只有一个女儿，就是你面前的这位。对了，这样吧，我将至少一半的国土送给你，面积大概有七万七千七百七十七平方公里，国土之上还有一万二千三百四十公里的铁路、五万六千七百八十九公里的公路和二千二百二十二万二千二百二十二个居民。怎么样，这个条件你还满意吗？"

"陛下，"沃科万警官说，"情况和您想的有所不同。我和我的同伴一起打败怪兽，这本来就是我们的工作。我本来想劝说他，或者把他带回警察局，但他不配合，所以我只好和他搏斗。我们作为警察，做这些都是应该的，从来没想过要什么奖励。事实上，警察局规定我们不能接受别人的钱财。"

"原来是这样。"国王说，"或许我应该把这一半国土，还有上面全部的东西都献给您这个城市的警察。"

"我想这样是可以的。"沃科万警官说，"但这也不好办，陛下。我们已经要对整个城市负责了，甚至连地铁最远的站台也在我们的职责范围内，这份工作已经不轻松了！如果再把您那一半国土加进来，我想我们大概得一直巡逻了，那样可对我们的脚不太好。我们能感受到您的谢意，陛下，但目前这些工作对我们来说已经足够了。"

"请至少让我做点什么吧，"国王说，"就请收下这包烟草吧，我一路一直随身带着。这是货真价实的专供国王的烟草，剩下的烟草够你们抽七次了。那么，亲爱的女儿，我们上车吧，是时候回家了。"说完，他们就开车走了。这辆车扬起了地上的灰尘，我们什么也看不到了。

于是我们，也就是我和之前提到的其他警察，就回到警察局，把烟草放进了烟斗里。我的天哪，我从来没抽过那样的烟草，它的味道实在是太浓郁了，像蜂蜜，像香草，像茶，像肉桂，像香料，像康乃馨，还像香蕉，但是因为我们的烟斗都很旧，里面有很多没有清理干净的旧烟草，所以等我们点燃以后抽烟时，却抽不出那些味道了。

对了，至于那只怪兽，按计划是要把他运到博物馆里展览的，但在那之前他就变成了一大块果冻。之前消防员在仓库里喷了很多水，变成果冻的怪兽沾了水，很快就发了霉，没办法送去展览了。我知道的就是这些了。

克巴兹警官讲完了他的故事，其他警官听完后没有人说一句话。过了一会儿，霍拉德警官开了口，他说："你们已经听了富尔达博德怪兽的故事，我想你们大概也会想听沃伊特休卡大街上那只怪物的故事。"

有次我在沃伊特休卡大街巡逻，突然看到教堂外的角落里有一颗巨大的蛋。有多大呢？我的警帽都盖不住。不仅如此，这颗蛋还很重，简直像是用大理石制成的。我当时心想，天哪！这肯定是一颗鸵鸟蛋。我准备把它带回警局，交到失物招领处。我想一定有人丢了这颗蛋。当时，负责失物招领处的是波尔警官。我走进失物招领处，屋里的炉子烧得正旺。波尔警官的后背着了凉，所以总是很注意保暖。

"波尔，"我喊了他一声，我说，"你这里可真热，像是进了蒸笼一样。对了，我来是要和你说，我在沃伊特休卡街上捡到了一颗蛋。"

"好，找个地方放下吧。"波尔警官懒洋洋地说，"坐下休息会儿，我正想找个人聊聊天。我后背上的毛病可真是烦人。"

于是我坐下和他聊天。

傍晚时分，房间的角落里突然传来一阵奇怪的声音，我们赶紧打开灯查看。我带来的那颗蛋里居然孵出来一条七头蛇——一定是房间太热了，所以它迫不及待地从蛋壳里钻出来。这条蛇差不多有贵宾犬或者猎狐犬那么大。它从蛋壳里钻出来的那一瞬间，我们都被吓了一跳。

"我的天哪！"波尔警官说，"我真不知道该做什么好了，要不我们给动物救援队打电话，让他们来处理掉这个怪物吧。"

"波尔，你还没发现吗？"我对他说，"七头蛇是很少见的，我想我们最好在报纸上登一条广告，好让它的主人尽快找到它。"

"你说得对，"波尔说，"但在那之前，我们是不是得给这条蛇吃点什么东西？我想先用牛奶和面包喂它试试看，牛奶总是对幼崽有好处的。"

波尔警官把一条面包撕成了七块，蘸了牛奶，喂给小七头蛇吃。事实证明这条蛇很喜欢面包和牛奶，波尔警官刚把吃的递过来，七个头就扭成一团，全都抢着要先吃，甚至还打翻了牛奶。

波尔警官赶紧把储藏室的房间上了锁，那里面可装着整个城市的失物呢，然后我们在报纸上登了下面这条广告：

寻找失主

我们在街角拾到一颗蛋，已孵出一条七头蛇，黄黑条纹。

请失主前往警局失物招领处认领。

第二天一大早，波尔警官刚刚走到办公室门口，就听到里面有人喊："活的蛇！天哪！真是见鬼！我说，这是什么情况？谁把它带来的？天哪！吓死我了！我可真想骂人！"

原来前一天晚上，七头蛇在失物招领处大吃了一顿，也就是说，这座城市里所有人丢失的东西现在都进了它的肚子：戒指、手表、钱包、背包、笔记本、皮球、铅笔、书签、衣服……更糟糕的是它还吃掉了所有的文件，连波尔警官的备忘录都不能幸免。总而言之，失物招领处里所有的东西，包括炉子上的管道、铲煤的铲子、波尔警官用来测量文件的尺子，也全都被吃掉了。现在这条七头蛇比刚出生时大了两倍，因为吃得太多，有几个头甚至看起来有些头晕恶心。

"不能这样下去了。"波尔警官说，"我不能再让它待在这里了。"

波尔警官给动物救援队打了电话，让他们来帮忙给七头蛇找一个新家。

"没问题，我们会好好照顾它的。"动物救援队的人在电话里这么说，他们很快来接走了七头蛇。临走前他们说："我们想知道应该给这条蛇吃什么，我们翻遍了自然历史的书，也没找到答案。"波尔警官于是告诉了他们。动物救援队的人按照波尔警官说的方法喂养七头蛇，后来它开始和其他小动物一样吃东西：香肠、鸡蛋、胡萝卜、巧克力、果冻、豆子、肉末……

几乎什么都吃，救援队里的书、报纸、照片，甚至连门把手都被它吃了。很快，七头蛇越长越大，救援队已经容不下它了。有一天，从遥远的布加勒斯特发来一封奇怪的电报：

> 七头蛇是一个被施了法术的人。具体的我们见面再说。
> 三百年后的维多利亚站见。
>
> 魔术师柏思科

收到这封电报以后，动物救援队的人说："怎么会这样！既然七头蛇是一个被施了法术的人，那么我们就不能再把它和动物养在一起了，它应该被送去收容所或者救济院之类收留流浪汉的地方。"但这些地方也不愿意收留七头蛇，他们说："我们可不能收留它！一个被变成蛇的人，应该算作是小动物，我们这里可不能收留小动物，因此，它应该留在救援队，而不是我们这里。"大家七嘴八舌地吵着，没人说得清一个被变成蛇的人，到底应该算是动物还是人类。七头蛇听到了人们的争吵，一时间也不知道自己到底该怎么办。它伤心极了，什么东西都吃不下，尤其是它的第三个、第五个还有第七个头，伤心得甚至连一口水都喝不下了。

动物救援队里有这样一位队员，他身材矮小，非常瘦，为人真诚。他的名字我记不太清楚了，好像是莫迪？莫里？或者是莫里斯？不对，我想起来了，他的名字是托尔蒂纳。托尔蒂纳先生看到七头蛇的头全都耷拉着，非常伤心的样子，就向队里的人说："先生们，不管这是一个人还是一条蛇，我想我愿意把它带回家照顾，我会好好照顾它的。"其他人听了这话，顿时轻松极了，他们停止了之前的争吵，全都对托尔蒂纳说："好样的！"七头蛇于是就跟着托尔蒂纳先生回到了他的家。

事实证明，托尔蒂纳先生确实把七头蛇照顾得很好，他给七头蛇吃饭、洗澡，还温柔地爱抚它，托尔蒂纳先生天生就喜欢动物，他每天一下班就带着七头蛇出去散步并呼吸新鲜空气，蛇跟在他后面走着，像一只可爱的小狗，开心地摇着尾巴。托尔蒂纳还给七头蛇起了一个名字——阿米娜。有一天晚上，托尔蒂纳像平时一样带着阿米娜出去散步。这时一个警察看到并拦住了他们，说："请等一下，托尔蒂纳先生，你带出来的这是什么动物？看起来好像不是什么乖巧温顺的动物，如果真是猛兽，按照规定你是不能这样就把它带到大街上来的。就算是出门遛狗，你也得给它戴上项圈，在上面写上你的名字才行。"

"这是一种非常少见的动物。"托尔蒂纳先生说，"这就是人们说的龙，也被叫作七头蛇，或者是七头狗。你说对吗，阿米娜？别担心，我会给它戴上项圈的。"于是托尔蒂纳先生第二天就给阿米娜买了狗项圈，虽说他当时已经没什么多余的钱了。托尔蒂纳先生牵着阿米娜出去散步，又遇到了那位警察，这次他说："托尔蒂纳先生，你这样还是不行。你的宠物有七个头，你怎么能只给它戴一个项圈呢？"

"但是，"托尔蒂纳先生说："至少我已经给它戴上项圈了呀，而且还是戴在最中间的这个头上的。"

"这不是重点，"警察说，"你看到了吗，剩下的这六个头还自由得很呢，我可不能允许它们这样散漫。我想我必须得向警察局上报这个问题。"

"请再给我三天时间，"托尔蒂纳先生请求警察，"三天以后我就会

给阿米娜买齐所有的项圈。"托尔蒂纳虽然这样说，但心里却非常担心，因为他实在是拿不出什么钱了。

他回到家坐下，伤心得几乎要哭出来了。他想到阿米娜可能会因此被抓走，被卖给马戏团，甚至会被杀掉，他感觉自己非常对不起阿米娜。托尔蒂纳先生正在烦恼时，阿米娜爬上他的膝盖，七个头一起躺在了他的腿上，它们睁着水汪汪的大眼睛看着他。当一个动物带着爱意看人类的时候，它仿佛也变成了一个感情丰富的人类。"我坚决不能让你被带走。"托尔蒂纳先生对七头蛇说，他在七头蛇的每个头上都轻轻拍了拍，然后，他找出了父亲留给他的手表和去教堂时穿的那身套装，还有他最好的皮鞋，把它们全都卖了。他又借了点钱，这才给阿米娜买齐了剩下的六个项圈。他再带着阿米娜出去散步时，七个项圈都发出哐啷哐啷的声音，就好像圣诞老人雪橇上的铃铛一般。

他们刚散完步回到家，托尔蒂纳先生的房东就来了，他说："托尔蒂纳先生，不知道是为什么，我恐怕不能接受你养的这只宠物。说实话，我不是很了解动物，但别人告诉我这是一条七头蛇。你知道，在我的房子里可不能养蛇。"

"拜托了，先生。"托尔蒂纳说，"阿米娜是一条好蛇！"

"那也不行。"房东说，"那些高雅的人从来不在房子里养蛇。如果你不能处理掉这条蛇，下个月1号恐怕我就得请你搬出去了，托尔蒂纳先生。"说完这话，他摔门走了。

"如你所见，阿米娜，"托尔蒂纳先生无奈地说，"事已至此，我们只能搬出去了。放心，我是不会离开你的。"阿米娜轻轻靠在托尔蒂纳先生身上，它的眼睛看起来美丽极了，它注视着托尔蒂纳先生，他被感动得说不出话来。"好了好了，阿米娜。"他说，"你知道的，我非常喜欢你。"

第二天一大早，托尔蒂纳先生出门去上班，脑海里有很多事情在烦恼他——他还有一份在银行做抄写员的工作，那天他的主管对他说："托尔蒂纳先生，事实上你的私人生活与我毫无关系，但我最近听说了一个奇怪的流言，说你在家里养了一条七头蛇。你一定知道，你的上级领导们没有一个人有这种宠物。大概只有皇帝或者富豪才配得上养七头蛇，我们这样的普通人是怎么也配不上的。你的行为已经越界了，托尔蒂纳先生。因此，我要求你处理掉这条七头蛇，否则我只好在下个月一日就把你辞退了。"

"先生，"托尔蒂纳小声但坚定地说，"我是不会和阿米娜分开的。"他回到家，内心充满了无法言说的悲伤。

托尔蒂纳坐了下来，现在的他仿佛是一个没有灵魂的空壳。眼泪顺着他的脸颊缓缓滑落。"我想，这可能就是结局了吧！"他哭着说。阿米娜爬上了他的膝盖。他连忙擦了擦

Princess
Amina

自己的眼泪，强忍着悲伤说："别担心，阿米娜，我是不会离开你的！"他强忍着泪水，视线逐渐变得模糊，于是，他又擦了擦眼泪。突然，面前的阿米娜变成一位美丽的少女。她跪在他面前，下巴轻轻地搭在他的膝盖上，抬头用温柔的眼神注视着他。

"天哪！"托尔蒂纳先生简直不敢相信眼前的一幕，连忙问："我的阿米娜去哪里了？"

"我就是阿米娜——阿米娜公主。"少女说，"我一直被法术囚禁在七头蛇的身体里，这是对我之前自私邪恶行为的惩罚，但是以后，托尔蒂纳先生，我会像绵羊一样温顺的。"

"天哪！"一个声音响起，魔术师柏思科突然出现在托尔蒂纳先生家门口。"是你解救了她，托尔蒂纳先生。伟大的爱能够解救这世上的一切。这样的结局最好不过了！托尔蒂纳先生，阿米娜的父亲请你去他的王国继承他的王位。现在就请你跟我走吧，火车已经快开了。"

"这就是沃伊特休卡大街七头蛇的故事，"霍德拉警官说，"要是你们不信，就去问波尔警官吧。"

医生的童话

很久很久以前，有一个叫作玛格亚斯的魔术师，他住在盖绍文纳山上。

孩子们，你们知道，这世界上有好魔术师，他们中有的是预言家，有的是巫师；也有坏魔术师，而坏魔术师就被称为黑法师。玛格亚斯既不是好魔术师，也不是坏魔术师，玛格亚斯介于二者中间。他有时候像所有好魔术师一样，从来不在别人身上施展法术，但有时他又会用法术使坏，甚至会带来一场暴风雨。有时他突发奇想，让天上下起了石头，还有一次，他甚至让天上下起了小青蛙。总而言之，不管别人怎么想，我本人是不太喜欢魔术师的。有些人嘴里说着玛格亚斯是一个好人，但事实上却总是绕着盖绍文纳山走。他们嘴上说是因为爬山太累，但所有人都知道，他们实际是怕在那里碰到玛格亚斯。

玛格亚斯现在在哪里呢？他正坐在自己的山洞里，不紧不慢地品尝水果。他面前摆了几颗又大又甜的李子。与此同时，他的帮手温采克正在忙着工作。温采克的大名叫作温采克·尼克利切克，来自慈利奇克。炉子里的火烧得正旺，温采克缓缓拨动着面前的柴火。这些可不是一般的柴火，看看里面都有什么吧：沥青、硫黄、颉草、曼陀罗草、蛇尾巴、洋甘菊、肉苁蓉、魔鬼椒、油脂、地狱石、蝙蝠耳、艾草、黄蜂刺、老鼠胡须、飞蛾腿……玛格亚斯一边吃着李子，一边悠闲地看着温采克费力地拨动面前的柴火。时间过去了很久，温采克想事情走了神，忘记了手里的工作，于是，炉子里的东西全都烧焦了，散发出一股难闻的味道。

"你这个笨蛋。"玛格亚斯正准备批评温采克，结果可能因为他太着急，一不小心把李子吞了进去。李子卡在他的喉咙里，既上不来也下不去。这下玛格亚斯一句话也说不出来了，只能发出"呜呜——"的声音。他的脸涨得通红，他挥舞着手臂，努力地想把李子吐出来，但这样做却一点儿作用也没有。这颗李子仿佛在玛格亚斯的嗓子里安了家。

温采克吓了一跳，他觉得玛格亚斯快要晕过去了，于是连忙对他说："主人，您坚持住，我这就飞到格罗诺夫去帮您请医生！"温采克连忙从盖绍文纳山上飞了下来，要是有人能给他计时就好了，他当时的速度一定打破了世界纪录。

温采克到了格罗诺夫的医院，这时候他已经累得上气不接下气了，他拉住了一名医生，说："医生，您必须赶紧跟我走一趟，玛格亚斯魔术师快要晕过去了！我的天哪，真是急死我了。"

"你说的是盖绍文纳山上的玛格亚斯？"格罗诺夫的医生小声地说，"天哪！我可不太愿意去见他，不过既然你这么坚持，我想我还是可以跟你走一趟的，我能为你们做点什么呢？"医生没办法拒绝一个需要帮助的人。即使是去帮助玛格亚斯，他也心甘情愿。医生的工作就是这样的。

医生把需要用的东西，手术刀、镊子、绷带、药粉、药膏、固定器一类的东西全都

装进随身的包里，跟着温采克一起往盖绍文纳山去。一路上，温采克一直很担心，不停地说："但愿我们来得及！"于是，他们越走越快，翻过一座又一座山。他们终于翻过了最后一座山，温采克说："医生，就是这里，我们到了。"

"好的，现在有什么需要我做的，就请你尽管开口吧。"医生对玛格亚斯说，"现在告诉我，你哪里不舒服？"

玛格亚斯说不出话，只能发出"呜呜——"的声音，他费力地用手指着自己的喉咙。

"我懂了，你一定是嗓子疼。"医生说，"来吧，让我看看你的嗓子。张开嘴，玛格亚斯先生，说'啊——'"

玛格亚斯拨开了自己的胡子，张大了嘴，但他没办法按照医生说的，发出"啊——"的声音，他已经完全发不出声音了。

"好吧，"医生说，"你能再试试吗？"

玛格亚斯摇摇头，非常确定自己一点儿声音也发不出来。

"噢，亲爱的朋友，"医生看起来非常关心玛格亚斯，不过事实上，这位医生是一个非常狡猾的人，在生活中常常耍小聪明。

"玛格亚斯，你真是太可怜了。我真心疼你。"说着，他开始给玛格亚斯检查身体，一会儿看看这里，一会儿看看那里，一会儿摸摸他的脉搏，一会儿检查一下他的舌头。他抬起玛格亚斯的眼皮看看，又拿出镜子和小灯泡检查他的耳朵和鼻子。他一边检查，嘴里一边小声说着拉丁语。过了好一会儿，他终于检查完了。他皱着眉头说："玛格亚斯先生，我要向你说一件严肃的事情。你现在必须进行手术，否则就活不下去了。现在我一个人是没办法给你做手术的，必须找几个助手来。如果你想要做手术，我就得赶紧把其他同事叫来。他们都在很远的地方，如乌皮策、克斯捷列茨、戈日奇克。等他们来了，我们要先开会讨论讨论你的病情。我们讨论完毕后，才能开始准备手术。玛格亚斯先生，你最好尽快做决定，这样我才能早点把他们找来。"

玛格亚斯能做什么呢？他朝温采克点了点头，于是，温采克念了三句咒语，他的四肢从身上掉了下来，分别从盖绍文纳山顶飞往了乌皮策、克斯捷列茨、戈日奇克。就这样，他们现在只好在山上等着医生来。

索丽曼的公主生病了

脸上长着雀斑的温采克去找医生时，从格罗诺夫来的医生就留下来照看玛格亚斯。为了打发时间，他点燃烟斗，静静抽着烟。

过了一会儿，医生开始觉得有些无聊了。他清了清嗓子，深呼了一口气。接着，他又连打了三个呵欠，使劲儿地眨了眨眼睛，为了保持清醒，他还"啊哦啊哦"地喊了几声。半个小时过去了，他伸了伸懒腰，说："或许我们应该一边打牌一边等温采克。玛格亚斯先生，你这里有纸牌吗？"

玛格亚斯说不出话，只好摇了摇头。他这里没有纸牌。

"你没有？"格罗诺夫的医生有些失望，他说，"这可真是太不巧了，但你是一个魔术师呀，怎么会没有纸牌呢？在我住的小镇子里，我告诉你，有一位在小酒馆里表演的魔术师，他用纸牌变的那些魔术，可真叫人不敢相信自己的眼睛，就好像你亲眼见到真正的魔法一样。"

他又点燃了烟斗，然后说："好吧，既然你没有纸牌，那我就来给你讲讲索丽曼公主的故事，来打发打发时间吧。如果你已经听过这个故事了，就赶紧告诉我，那样的话我就不再跟你讲一遍了。好吧，既然你不说话，那我就开始讲了。

你知道吗，越过喜鹊山，跨过奶冻海以后，就到了蜜糖饼群岛，岛的另一头就是翻跟头沙漠。翻跟头沙漠有一片茂密的森林，那里的首都是吉卜赛城艾尔达洛多。比那里更远的地方，有一条河流，河上有一座桥，越过桥后有一条路，路的尽头是一片灌木丛和一条长满了牛蒡草的水沟，而在这后面，就是那辽阔又强大的索丽曼帝国。我想我已经把这个国家在哪里解释得很清楚了，对吗？

索丽曼帝国，听这个名字就知道，这里的国王是苏丹人索丽曼。这个国王只有一个女儿，叫祖琳卡。这位祖琳卡公主，我可要告诉你，她有一天突然得了重病，变得越来越虚弱，不停地咳嗽，脸颊变得苍白。她每天都很悲伤，无论谁看到都会同情她。当然，索丽曼国王不会放着公主不管，他召集了整个国家会巫术、懂医术的人，这里面就包括许多魔术师和巫医。遗憾的是，这些人中没有一个能治好公主的病。如果要让我说，那位公主一定是得了贫血症之类的病，但索丽曼帝国和我们这里是不一样的，那里的人不知道有这种病，他们只能医治一些从古时候起就很常见的病。这下你大概能想象出那位索丽曼国王有多么绝望了吧！"看在万能的神的份儿上，"他曾经这么想，"一直以来，我最大的心愿就是让我的宝贝女儿，继承我这强大的帝国。但事与愿违，她却得了这样糟糕的病。最让我痛心的是，看着她这么痛苦，我却什么也做不了。"国王的悲伤很快感染了整个国家的人，索丽曼帝国变成一个悲伤的国度。

就在这时候，卢斯蒂格先生——一位商人恰好途经索丽曼帝国。他听说索丽曼帝国的公主生病了，说："索丽曼国王应该从我的国家请一个医生来，我是说，从欧洲请一个医生来。我们的药更加先进，能够治疗更多的病。你们这里只有一些魔术师和巫医，而我们那里可是有货真价实的专业医生呢。"

索丽曼国王听到了这话，赶紧找到了卢斯蒂格先生。他在卢斯蒂格先生那里买了一串玻璃珠，准备送给祖琳卡公主。买完后，他开口问卢斯蒂格先生："先生，在您的国家，怎么才能知道哪些医生是好医生呢？"

"很简单，"卢斯蒂格说，"看他们的名字就知道了，好医生总会在自己的名字前面加上医生这两个字的。比如，医生艾登、医生埃尔文之类的。如果一个人的名字前面没有这两个字，那他一定不是一个好医生。"

"原来是这样。"索丽曼国王非常感谢卢斯蒂格先生，他送了卢斯蒂格很多很多苏丹娜——你们大概见过，这是一种葡萄干。很快，索丽曼国王就派人去欧洲寻找医生。"记住，"他对他们说，"你们一定要找名字前面有医生两个字的人，要是你们不按我说的做，就等着被杀头吧，而且我还要把你们的耳朵也割下来不可。"

国王的手下历尽千辛万苦才到了欧洲。如果仔细跟你解释他们这一路有多辛苦，玛格亚斯先生，我可能三天三夜都说不完。总之，他们克服了许多许多的困难，终于到达了欧洲，开始为祖琳卡公主寻找医生。

索丽曼国王派出的手下，一个个都是英俊潇洒的骑兵。他们身材魁梧，头上缠着头巾，脸上的胡子像马毛一样旺盛。他们走进一片黑森林，在那里遇到了一个肩上扛着斧头和锯子的人。

"嗨，你们好呀！"那个人说。他好像是在跟骑兵们打招呼。

"向您问好，"一位骑兵说，"这位老人家，您怎么称呼？"

"噢！"那人说，"不用这么客气，叫我樵夫就好。"但骑兵们却听错了，他们以为面前的人是瞧病的大夫，这下他们可激动坏了。"这可是一件大事，先生。既然您是医生樵夫，我们可得请您跟着我们走一趟。我们得快点出发才行，越快越好。索丽曼国王将会隆重地接待您，我们必须得带您去见他。相信我们，在那里您会得到最高的待遇的。"

"我的天哪！"樵夫说，"我想问问，他找我有什么事情吗？"

"他有项工作要交给您。"骑兵们说。

"好啊，那我们就走吧！"樵夫说，"你们知道吗，我正好在找工作。相信我，我工作的时候可是个勤快的人。"

骑兵们互相看了看，一起对他说："您正是我们要找的勤快人。"

"等等，"樵夫又说，"我想知道你们的国王会付给我多少工钱？我要得并不多，但我也希望你们的国王最好不要是一个小气鬼。"

"在这方面您不用担心，"骑兵们有礼貌地说，"对我们来说，您就是最重要的客人。您也不用担心我们的国王会对您做什么，他是一个非常善良友好的国王。"

樵夫说："不过还有一件事，在吃饭这件事上，你们可得知道，我工作时饭量可大得像头牛。"

"我们会为您准备好丰盛的食物的，尊敬的先生。"骑兵们向樵夫保证，"您一定会对我们的服务感到满意的。"

于是，他们在海边举行了一场古老的索丽曼仪式，然后就让樵夫上了船，向索丽曼帝国去了。一听说这个消息，索丽曼国王赶紧在王位上坐好，等着他们的到来。

骑兵们带着樵夫进了王宫，领头的骑兵说："尊敬的国王，伟大的领

袖，索丽曼国王，遵从您的圣旨，我们一行人到了遥远的欧洲大陆，去为祖琳卡公主寻找最有名、最专业的医生。现在，陛下，我们已经将他带到您的面前。这位就是神通广大的医生樵夫。请允许我向您介绍这位医生。

"见到你真是太好了，医生樵夫。"索丽曼国王说，"我请求您，来为我的女儿祖琳卡公主看病。"

"好吧，那我们现在就开始吧？"樵夫说。索丽曼国王领他走进了一间大厅，大厅里的床帘全都拉着，光线非常的昏暗，但还是看得出这间房子的不一般——连床上的毯子、枕头都是最豪华的。祖琳卡公主躺在床上，她的脸颊已经苍白了，像被涂了白蜡一样，看起来毫无生气。

"哦天哪，天哪！"樵夫激动地说，"陛下，您的公主病得可真不轻呀！"

"是啊——"索丽曼国王叹了声气。

"我猜，"樵夫说，"她没有什么明显的症状，但却非常虚弱，是这样吗？"

"您说得对。"索丽曼国王悲伤地点了点头，"她什么东西也吃不下。"

"看她啊，已经瘦得和纸片一样了。"樵夫说，"她轻得像一根稻草似的，脸色苍白，看起来真让人心疼。陛下，我想说的是，您的这位公主得了很严重的病。"

"是的，您说得太对了。"索丽曼国王这下更伤心了，他说，"这就是我找您的原因，我请您务必治好她的病，毕竟您可是医生樵夫呀。"

"我？"樵夫听了这话，吓了一跳，他赶紧说，"我的天哪！我怎么才能治好她的病呢？"

"这就看您了。"索丽曼国王一脸严肃地说，"这就是我找你来的目的，你只要做好这一件事就好了，但是，听着，如果你不能治好她的病，我可告诉你，那样的话你可就保不住你的头了。能不能留下这条命，全在你自己。"

"但，这是不可能的呀！你到底是怎么想的，让我来给她治病呢？"樵夫哀求索丽曼国王，但索丽曼国王甚至不愿意听他解释完。

"好了，你已经没有借口了。"他严厉地说，"我没时间听你废话，作为国王我还有很多其他的事情要忙。抓紧时间开始工作吧，我们可都等着你治好公主的病呢！"说完，国王回到自己的宝座上，不再理会樵夫了。

现在只剩下了樵夫一个人，他绝望地大喊着："太倒霉了！"他只是一个樵夫，又怎么能治好公主的病呢？"这下我可闯祸了！他们怎么能让我治病？这太荒唐了！天哪！我该怎么办才好？国王可说了，要是我治不好公主的病，就要把我拉去砍头。如果不是活在童话世界里，我可真是要抗议了，怎么能随随便便就把别人的头砍下来呢？我们的这个童话可太恐怖了，我真想活在普通人的世界里，这样就可以远离这种荒唐的事情了！我发誓，我现在真想马上就从这个世界里逃出去。"

樵夫越想越绝望。他坐在宫殿的大门口，伤心极了！他叹了一口气，说："我怎么这么倒霉？他们为什么要逼我做医生做的事情？他们要是让我砍树还行，这可是我最擅长的事情。不过说真的，这里怎么会有这么多树，连阳光都照不进来了，等等，我知道了，就让我来做点自己擅长的事情吧。"

说到这里，先生樵夫脱掉了外套，擦了擦手掌，拿起了自己的斧头和锯子。他来到王宫外面，开始一棵一棵砍树。王宫外面是一片茂密的森林，这里和我们住的地方不太一样，没有苹果树、梨树，也没有核桃树，相反，整片森林都是棕榈树一类非常非常高大的树，站在树底下，一眼都看不到它的顶端。你真应该去那里亲眼看一看，玛格亚斯先生，这些树可让故事里的这

位樵夫累坏了！他砍了一整个早上的树，在王宫前开辟出了一块空地。到了中午，他用袖子擦了擦脸上的汗，又从口袋里拿出来一条面包和一块奶酪。这是他从家里出来时就带着的，现在成了他的午饭。他在砍倒的树上找了一个舒服的位置坐下，大口吃起了午饭。

直到这时，祖琳卡公主还在房间里睡觉。樵夫砍树的声音并没有吵醒她，相反，她伴着那轰隆隆的声音好好睡了一觉，然而现在没了砍树的声音，她却睡不着了。

祖琳卡公主睁开眼睛，突然发现，之前昏暗的房间突然变得亮堂堂的。她几乎被这明亮的光闪到了眼睛。树木被切开的地方散发出一种奇异的香味，祖琳卡公主被这味道迷住了，她深吸了一口气，突然感到快乐。接着，树木的味道里又混合进一种其他味道——这是什么味道？她下了床，来到了窗户前。她被眼前的一幕惊呆了——之前窗外密密麻麻的树全都消失了，现在她抬头就可以看到蓝天，阳光温柔地照在她的脸上。她低下头，看到一个人坐在树桩上，正在吃什么东西。她心里想："这个人在吃什么东西呀，看起来很好吃的样子。"有人总爱说，别人的饭总是比自己的香，现在看来这话是没错的。

她终于忍不住了，那个人吃的东西的味道实在是太好闻了。于是，她出了王宫，想去看看他吃的到底是什么。

"噢，原来是公主您来了！"樵夫赶紧说，他连嘴里的面包都没来得及咽下去。"您想尝尝我的面包和奶酪吗？"

祖琳卡公主脸红了，她犹豫了一下，她实在是不好意思去要别人的午饭。

"别客气。"他一边说，一边给公主切了一大块面包，"请你收下吧。"

祖琳卡公主连忙看了看四周——太好了，附近没人！"嗯！"她有些不好意思地收下了，然后赶紧咬了一大口——"噢，天哪！这真是太好吃了。"谁能想到呢，面包和奶酪这种普通得不能再普通的东西，这位公主却从来都没吃过。

碰巧这时，索丽曼国王来到窗口，他简直不敢相信自己的眼睛：窗外的树没了，明媚的阳光洒落在一大片空地上，而祖琳卡公主居然正坐在一个木桩上，大口吃东西，奶酪蹭得她满脸都是，但她一点儿都不介意，她看起来比原来健康多了。

"感谢上帝！"索丽曼国王惊呼道，他说，"我就说嘛，我给女儿找的医生准没错！"

"从那以后，祖琳卡公主就一点一点恢复了健康。她的脸颊变得粉嫩起来，她吃起东西活像一个女狼人。这些都要归功于阳光，玛格亚斯先生，我告诉你这些是因为，你住的山洞里光线实在是太暗了，也没有新鲜的空气，而这些是对您的健康不利的。总而言之，这就是我想说的了。"

格罗诺夫的医生刚讲完祖琳卡公主的故事，温采克就找来了从慈利奇克、克斯捷列茨、戈日奇克来的那几位医生。

"好了，我终于把他们请来了。"温采克一边进门一边大声喊道，"天哪，我可真是要累死了！"

"欢迎来到这里，我的同事们。"格罗诺夫的医生说，"这位就是我们要救治的病人，魔术师玛格亚斯先生。不用我说你们也能看出来，他现在的状态可不太好。这位病人吞进去一个李子，在我看来，他得了李子结石。"

"唔——"从慈利奇克来的医生说，"我却觉得，他是对李子过敏。"

"恕我直言，我不同意你们说的。"从克斯捷列茨来的医生说，"我想，他这是气管被堵住了。"

"先生们，"戈日奇克的医生说，"无论如何，我想你们也应该同意，玛格亚斯先生的病情是与李子有关的。"

"玛格亚斯先生，我真是要祝贺你。"从格罗诺夫来的医生说，"你得的是一种非常罕见的病。"

"你的病真是很有趣。"从慈利奇克来的医生说。

他们的同事，从克斯捷列茨来的那位医生说："噢，我可遇到过比这更有趣的病呢！是我治好了克斯捷列茨悬崖上那只咆哮兽的病。难道你们没听说过这件事吗？那我就来跟你们讲讲吧。"

咆哮兽生病了

大概是在几年以前，克斯捷列茨悬崖的森林中，住着一只咆哮兽。在所有怪兽中，咆哮兽是最暴躁的一种。要是有人晚上去森林里，咆哮兽就会悄悄跟在他们身后，然后突然开始大叫，他们又哭又喊，有时还会发出恐怖的笑声。无论是谁，听到那种声音都会被吓个半死，连滚带爬地跑开。咆哮兽总是这样捉弄人们，于是，几年过去后，再也没人敢在晚上到森林里去了。

这天晚上，有一个奇怪的小怪兽到了我的诊所。他有一张大嘴，整张脸都要被这张大嘴占满了。他的嗓子好像是被什么东西堵住了，他手舞足蹈地发出"唔唔——"的声音，好像在说什么。他很着急的样子，但我却听不清一个字。

"你怎么了？"我问他。

"医生，"他喘着粗气说，"真是不好意思，我的嗓子实在难受极了，说不出话。"

"我理解，"我说，接着我问他，"你是哪里人？"

这位病人犹豫了一下，然后他下定了决心似的，说："求求你看看我的病吧，先生，其实我就是克斯捷列茨悬崖的咆哮兽。"

"啊？"我简直不敢相信，我赶紧说，"原来你就是咆哮兽！你就是那个在森林里专门吓人的坏蛋。啊！苍天有眼，这下你说不出话，就没办法再出去吓人了。不管这让你变成哑巴的病是什么，我要是帮你治好了，那我可就真的是一个傻瓜了，难道我要帮你回去继续吓人吗？不，天哪！你最好还是一直说不出话，要不你又得破坏森林里的平静了。"

听了这话，那个怪兽求我，他说："看在上帝的分儿上，医生，请你一定要救救我。我向你保证，我以后再也不吓人了，我会好好表现的。"

"你说的最好是真的，我告诉你。"我说，"你之所以会失去声音，就是因为之前喊得太多，你懂吗？孩子，在森林里吓人是不对的。再说，森林里那么潮湿，这种环境对你的肺可不太好。我也说不清楚，但你最好不要再吓人了，而且最好从森林里搬出去，这样对你的嗓子比较好。你要是不这样做，那么就算是再好的医生也救不了你。"

咆哮兽有些沮丧，他挠了挠头说："这可不容易呀，医生。如果我不去森林里吓人了，那么我以后每天要干什么呢？我只会大喊大叫呀，但我现在连这一点都做不到了。"

"别忘了，咆哮兽，"我对他说，"你有这么独特的嗓音，简直是一个天生的歌剧家，或者至少也能成为一名小歌手。继续待在小地方，你是没办法出名的，去大城市里你才能找到更多的机会。"

"我有时候也这样想。"咆哮兽说，"那好吧，我去别处碰碰运气，看看能不能找到适合我的工作，但在这之前，我得先把嗓子治好。"

就这样，先生们，我给他的喉咙上涂了碘酒、加热好的药水，还让他用药水漱了漱口。我给他开了些药，并且叮嘱他每天给嗓子热敷。从那以后，人们再也没有在克斯捷列茨悬崖见到过他，他真的不再去吓人了，而且真的搬到其他地方生活了。许多年后，我才听到了他的消息，那时候他已经在赫迪堡迪这座大城市里定居了。有人说，他成了一名政客，因为天生有一副好嗓子，说话的声音总是能震慑到别人，他还进了国会，现在事业非常成功呢！

"我给你讲这件事，玛格亚斯先生，是因为我想告诉你，有时仅仅是呼吸一下新鲜空气，也能消除一个人的烦恼。"

水精灵生病了

"嘿！我也有一个有趣的病例。"现在该从戈日奇克来的医生开始说了。

在我们那里有一座桥，桥边长着很多树，树下就住着一个老水精灵。他是一个暴躁的孤僻的老水精灵。有时候，他会给戈日奇克带来洪水。孩子们要是去河边洗澡，也会被他拉下水的。总之，戈日奇克的人们一点也不喜欢他。

某年秋天里的某一天，有一个老人来到我的诊所。他穿了一件长外套，还围了一条红色的围巾。他坐在那里，不停地咳嗽、流鼻涕。他看起来很冷的样子，身体止不住发抖，说话时牙齿都打颤。

"医生，"他对我说，"我想我大概是得了流感，我的嗓子非常不舒服，后背也很疼，全身关节都不舒服。我咳嗽得太厉害，几乎要晕过去了，我感觉我的头重得像木头一样。请你给我开一点药吧。"

我为他做了检查，然后跟他说："我的朋友，您这是得了风湿病。这样，我给你开一支药膏，您回去以后把它涂在身上，但这是不够的，您必须得待在温暖干燥的地方。懂了吗？"

"我懂，"我面前的老人说，"但温暖干燥的地方，年轻人，可能对我并没有好处。"

"您为什么这么说？"我问他。

"是这样，"他说，"这是因为我就是戈日奇克的水精灵，医生先生。我每天都在水里，要怎么保持身体温暖干燥呢？你难道不知道吗，我可离不开水呀。我睡在水里，连我的床、杯子、枕头都是用水做的。这几年，因为我实在太老了，才把床上的硬水换成了软水，这样躺上去更舒服些。对我来说，若要找到一个温暖干燥的地方生活，实在不是一件容易的事情。你说呢？"

"但您只能这么做，老人家。"我说："您的风湿病在冰冷的水里只会变得越来越严重。您知道，老人是需要好好保暖的。我突然想问问您，水精灵先生，您今年多大岁数了呢？"

"嗨！"他叹了一口气，说："医生，几千年前我就到这里了，甚至更久以前，具体是什么时候我也记不清了。总之，我来这里可有些年头了。"

"所以呀，您看，"我对他说，"您这个年纪，最好还是住在有壁炉的房子里吧。等等，我知道了。您有没有听说过温泉呢？"

"我听说过。"水精灵说，"但我们这里可没有温泉呀。"

"确实，戈日奇克附近是没有温泉的。"我说，"但是捷普利策和皮什吉扬就有，还有其他很多地方也有温泉，而且有些地方的温泉还非常深。这种温泉，你知道的，是为了像您这样有风湿病的老水精灵专门建的。"

"嗯……"老水精灵想了想，然后说，"我还想问问，要是我成了温泉里的水精灵，到时候我都要做些什么事情呢？"

"没什么特别的事情。"我说，"您只需要泡泡温泉，保持身体温暖就好。就这么简单。"

"听起来不错。"水精灵说，"我会打听打听温泉的事情的，非常感谢你，医生。"

说完，他就离开了我的诊所，他走过的地方留下了一道长长的水渍。

"正如你所见，我的朋友，水精灵是很听话的，他按照我说的去做了。后来，他去巴斯的温泉定居了。他把自己泡在温泉里，把地下的温泉水全都吸了上来，于是，那个温泉里一直都有热水。其他人也来到了这个温泉，神奇的是在这里泡过温泉的人，身上的风湿病都会奇迹般地被治愈，于是，全世界的人都知道了这里，他们不远万里赶来，就是为了泡一泡这神奇的温泉。我想，你应该好好记住这个故事，玛格亚斯先生，然后学学故事里的水精灵，好好听医生的话。"

小仙女生病了

"我也有一个故事要讲。"从慈利奇克来的医生说。

有一天晚上，我在家睡得正香，却突然被吵醒了。有人在外面一边敲我的窗户，一边喊着我的名字。

我打开窗户问："怎么了？找我有什么事情吗？"

"是的。"黑暗中，有一个声音急切地说，"快来，快来帮帮我。"

"是谁在说话？"我问，"有人需要帮助吗？"

"是我，我就是夜晚啊！"黑暗中传来一个声音，"我不是谁，而是月夜的声音。快跟我来吧。"

"我这就来。"我对他说。我仿佛做梦一样，但还是连忙穿上衣服出了门。等我到门口时，却发现外面一个人也没有。

这时，我有一种不祥的预感，先生们。我有些害怕，于是，大喊着："有人吗？我应该去哪儿帮你呢？"

"跟我来。跟我来。"一个声音从黑暗中温柔地响起。我朝声音传来的方向走去，一路穿过了湿漉漉的草地和黑漆漆的森林。月光照在路上，地面看起来仿佛起了霜，漂亮极了。先生们，我对自己住的那一片区域是非常了解的，但在那晚的月光下，我竟然觉得眼前的景色非常不真实，仿佛是在梦境里一样，或许有时就是会发生这种事情的，我们总会在自己非常熟悉的地方有新的发现。

我又跟着那声音向前走了很远，这时我开始想："这可太远了，我想我已经走到了利斯文。"

"到这边来吧，医生，快过来呀。"那个声音说。听起来像河水一样温柔。这时候我发现，原来我已经来到了瓦伊河边。月光洒在河边的草地上，草地在月光下闪闪发光。草地的最中间，有一个地方格外的亮，我想，"那里一定有什么东西，或者是有一团迷雾。"接着，我听到一阵低沉的哭泣声，一开始我以为这是河水流过的声音。

"好了，好了。"我安慰道，"你到底是谁呢？告诉我你哪里受了伤？"

"噢，医生，"草地上那团闪闪发光的东西开了口，用虚弱的声音说，"我只是一个小仙女。今天其他仙女在跳舞，我就跟着她们一起跳，结果，不知道为什么，可能是我被月光绊倒了，或者是我踩到露珠滑倒了，具体发

生了什么事，我已经记不清楚了，但总之我就这么摔倒了，我的腿好疼，呜呜，真的好疼啊！"

"没事了，小姑娘。"我说，"可能只是轻微的擦伤，我很快就能帮你包扎好。没想到你居然是山谷中跳舞的小仙女。我听说，要是有年轻的男孩子经过这里，你们就会用舞蹈杀死他，这是真的吗？唔！你们难道不觉得这样做有些太淘气了吗？你今天就因为跳舞而受了伤，我想这对你来说应该算一个很好的教训。"

"噢！医生。"小仙女坐在草地上伤心地说，"要是你能知道我的腿现在有多疼，就不会想再批评我了。"

"我当然知道你的腿很疼。"我说，"擦伤本来就是很疼的。"我蹲下来检查她的伤口。

我这一生给成百上千个病人包扎过伤口，但我还是要说，给小仙女包扎伤口，可和我之前所做的一点也不一样。她们的身体是用光线做成的，骨头那里的光线更硬一些，但总之，她们的身体是飘着的，像雾气一样，像阳光一样，我根本没办法把纱布包上去。我跟你们说，那可真是太难了！我想试着用蜘蛛网给她包扎，但我刚把蜘蛛网放上去，她就大喊道："啊！好疼！"我想用花瓣固定住她的腿，但我刚把花瓣放上去，她就疼得哭了出来，她说："花瓣硬得像石头一样。"

老天，这下叫我怎么办才好呢？最后，我只好从闪着光的草地上剥下两片月光，你们知道的，被剥下来的月光就和蜻蜓的翅膀一样轻。我又把月光放在露珠下面，月光折射出了彩虹的七种颜色，我拿其中一束最薄的月光给小仙女包扎了伤口。为她包扎好伤口以后，我累坏了，出了一身汗——月光好像变成了八月的太阳，晒得我发热。我坐在地上，对小仙女说："好了，小姑娘，你现在需要好好休息一下。记住不要去动腿上的伤口，你要耐心等它愈合，但是，听我说，亲爱的，我真是不敢相信像你这样的小仙女会出现在这里。你该知道的，其他仙女、精灵，他们找到了一个更好的地方，全都跑到那里去了。"

"他们去哪儿了？"小仙女好奇地问。

"唔，他们去了美国的一个叫好莱坞的地方。"我说，"很多电影就是在好莱坞拍出来的，你不知道吗？那些仙女在电影里表演跳舞，能赚不少钱呢，而且全世界的人都会看她们拍的电影。我告诉你，小仙女，能拍电影可是件大事。其他小精灵、小仙女，早就去拍电影了，甚至连男精灵还有小怪兽们，也全都去拍电影了。你真该看看他们现在有多少珠宝和裙子！你以为他们会满足于只穿你身上穿着的这种，普普通通的裙子吗？"

"噢！不！"小仙女说，"但我穿的这条裙子，可是用萤火虫的光芒做出来的呀。"

"还是很普通。"我说，"现在，其他仙女已经不穿这种裙子了，现在流行的是其他风格的裙子。"

"现在流行的是什么呢？"

"这个嘛，我也说不清楚。"我说，"我对女孩子穿的衣服不是很了解。但你，你至少应该去好莱坞看看。好了，现在我该走了，马上就要天亮了，据我所知，你们仙女只会在晚上出现，是这样吗？那么我先告辞了，小仙女，别忘了好好想想我跟你说的拍电影的事情。"

从那以后，我再也没见过那个小仙女，我猜她的伤口大概早就好了。你们能想到吗？从那次以后，瓦伊山谷里再也没出现过小精灵和小仙女。我想他们一定是去好莱坞拍电影了。以后你们去看电影的时候，仔细看看屏幕上的人吧。他们虽然看起来是和我们一样的人，但只要仔细看，你就会发现，他们的身体是没有形状的，你摸不到他们，因为他们的身体是用光线做成的。很明显，电影里的这些演员全都是小仙女和小精灵。这就是为什么电影院里总是关着灯的原因，因为仙女们怕光，只有在黑暗的地方才会现身。

显然，现在精灵们和仙女们很难找到比拍电影更适合他们的工作了，这简直就是为他们量身定做的工作。

好了，我们跑题了。怎么能忘记玛格亚斯呢！好吧，回到玛格亚斯的故事上来。

玛格亚斯还是说不出话，因为那颗李子还是卡在他的喉咙里。他害怕极了，不停地出汗，他几乎要翻白眼了，他想让面前的四位医生赶紧救救自己。

"说到这里，玛格亚斯先生。"最后，从克斯捷列茨来的那位医生开口说，"现在，我们就要开始准备手术了，不过在这之前，我们要好好洗一下手，手术时最重要的事情就是洁净。"

于是，四位医生就去洗手了。他们先把手放进温水里洗，然后又把手放进一个盛满纯洁思想的水池里洗。接着，他们又用挥发油和石炭酸各洗了一遍手，最后，他们戴上了干净的手套。——注意，孩子们，手术就要开始了。要是你们不敢看这场面，最好赶紧合上眼睛。

"温采克。"从慈利奇克来的医生说，"抓住病人的手臂，不要让他乱动。"

"你准备好了吗，玛格亚斯先生？"从戈日奇克来的医生皱着眉头问道。玛格亚斯费劲地点了点头，但事实上他早就被吓破胆了。

"好了，那么我们就开始了。" 从格罗诺夫来的医生说。

这时，从克斯捷列茨来的医生伸出手臂，从背后使劲儿拍了一下玛格亚斯。

他可太用力了，他的手落在玛格亚斯的背上，发出嘭的一声，像打雷了一般，这声音一下子传到了纳霍德和斯塔尔科奇，那里的人赶紧抬头看了看天——是不是要下雨了？

他可太用力了，他的手落在玛格亚斯的背上，震得大地发出了颤抖，连斯瓦托诺维策的矿井都塌了，连纳霍德教堂的尖顶都抖了抖。

他可太用力了，他的手落在玛格亚斯的背上，吓得全国的鸽子都飞上了天，小狗都吓得爬进了窝里，猫咪都吓得从壁炉上跳了下来。

——然后，卡在玛格亚斯喉咙里的那颗李子，终于嗖的一声飞了出来，但因为医生实在是太用力了，这颗李子飞出来也没停下，直接飞过了帕尔杜比策，又飞过了普热洛乌奇，这才掉在了地上。它落地的时候撞死了两头小公牛，然后砸出一个很深很深的坑，把自己埋了进去。

当李子从玛格亚斯的喉咙里飞出来的时候，玛格亚斯终于可以说出之前没对温采克说完的那句话了 "——你这个大笨蛋！" 这句话一直卡在玛格亚斯的喉咙里。不过这句话不像那颗李子一样，可以飞那么远，它跟着李子飞到了约塞福夫附近就停了下来，砸坏了一棵老梨树。

玛格亚斯捋了捋胡子，然后对医生们说："感激不尽。"

"不客气。"医生们说，"手术很成功。"

"但是，"从戈日奇克来的医生接着说，"你现在还没有完全恢复。要完全恢复至少得花几百年时间。我强烈建议您改变一下自己的居住环境，搬到一个有风有阳光的地方，就像老水精灵一样。"

"我同意。"从格罗诺夫来的医生说，"为了保持身体健康，你需要多呼吸新鲜空气，多去阳光下走走，就像索丽曼的公主那样。基于这一点，我建议你最好去撒哈拉沙漠待一段时间。"

"我觉得，"从慈利奇克来的医生说，"他说的没错，去撒哈拉生活对你的健康很有好处，玛格亚斯先生。另外，我还建议你去那里时不要再吃李子了。你知道的，这样对你的身体有好处。"

"他们说的话我全都同意。"从克斯捷列茨来的医生说，"何况你本人就是一个魔术师，玛格亚斯先生，在撒哈拉沙漠里，你一定能用魔法给自己变出食物和水的。这样，其他人也能在您的帮助下在沙漠里生活了，这可真是一件好事。"

玛格亚斯先生还能做什么呢？他好好感谢了四位医生，然后收拾好自己的东西，搬去撒哈拉沙漠居住。至今，我们这里再也没出现过第二个魔术师。

玛格亚斯现在还住在撒哈拉沙漠里，他还在想办法从沙漠中变出田地、森林、村庄和城镇。或许有一天，孩子们，你们会亲眼见到他把这些东西变出来。

咆哮兽

祖琳卡

玛格亚斯

温采克